AF430289

Greedy Boys
Gay erotic Shortstories

Kyo Sander

Impressum

Copyright © Mai 2020 Kyo Sander

K. Sangster

Coverartwork:
Kira Yakuza (www.the-art-of-kira-com)

Umschlaggestaltung:
Kyo Sander

Lektoren und Betaleser:

Marcel Hill
Mel Baumgarten

ISBN: 9798602630275

Inhalt

Vorwort 7

Gegen die Wand................................ 9

Das Leben eben 47

Metalhead...................................... 85

Sir Henhdor 115

Neugier 149

Danksagung 183

Vorwort

Liebe Leser,

ich freue mich riesig, euch doch nochmal ein Buch präsentieren zu können. Hier erwarten euch fünf Kurzgeschichten rund um das Thema Homoerotik.

Wer Romantik, dramatische Liebeserklärungen oder sonst etwas in diese Richtung erwartet, ist hier allerdings falsch. Es geht in diesen Kurzgeschichten um das Eine, nicht mehr und nicht weniger ;-) Die Geschichten sind explizit, erotisch und daher ab achtzehn!

Alle, die genau das suchen, werden hoffentlich auf ihre Kosten kommen. Ich wünsche euch auf jeden Fall viel Spaß beim Lesen!

Eure Kyo

Gegen die Wand

Shortstory 1:

Amery sitzt schon zu lange auf dem Trockenen. Als er zusammen mit einem Kollegen auf eine Fortbildung fährt, trifft er auf einen heißen Japaner, der ihm gewaltig den Kopf verdreht.

Vor fünf Monaten habe ich meinen Freund verlassen, nachdem er mich monatelang mit einer Kollegin betrogen hat. Eigentlich hätte ich es wissen müssen. Wir waren zwar drei Jahre zusammen, haben aber nie zusammengewohnt, geschweige denn nach außen hin gezeigt, dass wir ein Paar sind. Das lag an ihm. Er war noch nicht so weit, sich als schwul zu outen, da er Angst hatte von seiner Familie verstoßen zu werden.

Ich habe ihm geglaubt, ihm alle Zeit der Welt gegeben, egal wie schwer es für mich war, in der Öffentlichkeit so zu tun, als wären wir nur gute Freunde. Obwohl er vor meinen Augen mit Frauen geflirtet hat, um sich vor seinen Freunden nichts anmerken zu lassen, habe ich es zähneknirschend über mich ergehen lassen.

Jetzt weiß ich, dass ich nicht mehr als ein bisschen homoerotischer Spaß für ihn war. Am Ende hat er zugegeben, mich von Anfang an immer wieder mit diversen Frauen betrogen zu haben. Darauf kann ich gut und gerne verzichten. Das habe ich nicht nötig. Mit dreiunddreißig Jahren sollte ich mir mehr wert sein und nicht auf jemanden hoffen, der weder zu sich noch zu mir steht.

Ist das arrogant? Vielleicht, allerdings brauche ich diese Art von Selbstschutz, um nicht an Dingen wie diesen zu zerbrechen. Diese Denkweise habe ich mir über Jahre hinweg angeeignet und fahre damit ganz gut. Und im Endeffekt stimmt es doch. Wer mich betrügt oder schlecht behandelt, hat mich nie wirklich geliebt und mich nicht verdient. Es gibt genug andere Menschen auf der Welt, die mich anders sehen, denen ich voll und ganz vertrauen kann und die mich niemals auf irgendeine Art und Weise hintergehen würden. An die möchte ich mich halten.

Nun bin ich also wieder single und hatte schon seit Monaten keinen Sex mehr. Ziemlich frustrierend, vor allem da ich auf Arbeit täglich von außerordentlich gutaussehenden Männern umgeben bin. Leider ist keiner von ihnen schwul. Die meisten haben Frau und Kind zuhause und keine Ambitionen, dem eigenen Geschlecht mal eine Chance zu geben.

Dabei wissen sie gar nicht, was sie verpassen. Ich kann mir nicht vorstellen, dass eine Frau so gut blasen kann, wie ein Mann. Wir wissen, wie es sich am besten anfühlt und können genau das bei anderen anwenden. Außerdem werden sie nie erfahren, wie heiß und stimulierend es ist, in den Arsch gefickt zu werden. Selbst wenn heterosexuelle Kerle hin und wieder mit ihrem A-nus spielen, die wahre Lust, die einen an den Rand der Selbstbeherrschung treibt, wird ihnen so nie vergönnt sein.

Gemeinerweise darf ich morgen mit meinem langjährigen Kollegen Jonas zu einer Tagung fahren. Ein hochgewachsener Mann mit schlanker Figur und unglaublich blauen Augen. Ganze drei Tage und zwei Nächte werden wir gemeinsam in Hamburg verbringen. Drei Tage in denen ich ihn anschmachten kann ohne Aussicht auf Erfolg. Als ich noch mit meinem Exfreund zusammen war, habe ich Jonas gar nicht richtig wahrgenommen.

Im Moment jedoch ist kein Mann vor meinen sexuellen Fantasien sicher. Ich bin mir nicht einmal sicher, ob er überhaupt weiß, dass ich schwul bin. Bisher habe ich diesen Umstand auf Arbeit nicht an die große Glocke gehängt. Wie dem auch sei, seinen Schwanz in meinem Hintern kann ich mir wohl abschminken. Schade, denn was ich durch den Stoff seiner stets recht engen Hosen bisher wahrnehmen konnte, ist er ziemlich gut bestückt.

Es ist acht Uhr am Abend und ich stehe unter der entspannenden Dusche, um nicht morgen früh in Hektik zu geraten. Wir wollen um sieben Uhr in der Früh losfahren, damit wir rechtzeitig zu Beginn der Tagung in Hamburg sind und ich bin definitiv kein Frühaufsteher. Angenehm warm prasselt das Wasser auf meinen nackten Körper, mein Penis baumelt halb schlaff zwischen meinen Oberschenkeln über den prallen Hoden.

Ich nehme ihn in die Hand und ziehe die Vorhaut ein Stück zurück, so dass die violette Eichel zum Vorschein kommt. Mit der Länge und der Dicke meines Schwanzes bin ich wirklich gesegnet und er macht auch im schlaffen Zustand gut was her. Nicht so wie die Mikropenisse mancher Kerle, die erst bei Erregung aus ihrem Schneckenhaus hervorgekrochen kommen. Darauf bin ich stolz und bisher war jeder Kerl, den ich mein Teil in den Hintern geschoben habe, angetan von meiner prächtigen Ausstattung. Das kommt zwar nicht so oft vor, da ich am liebsten den Hintern gefüllt bekomme, doch ab und an kann auch ich mich nicht zurückhalten, wenn ich einen besonders heißen, engen Arsch vor mir sehe.

Nachdem ich den restlichen Schaum von meinem Körper gewaschen habe, stelle ich die Dusche ab und greife nach dem Handtuch. Sorgfältig trockne ich meine Haut, bevor ich nach einer Körperlotion greife, mit der ich nach jeder Dusche meinen gesamten Körper einreibe. Nicht umsonst bin ich bekannt für meine weiche Haut, die stets leicht schimmert.

Ich finde es wichtig, gut und gepflegt auszusehen, was man unschwer an meinem gestählten Körper erkennen kann. Seit meiner Jugend betreibe ich mit vollem Einsatz Kraft- und Ausdauersport. Dementsprechend ausgearbeitet sind meine Muskeln an Armen, meiner glattrasierten Brust und am Bauch. Nur ein leichter dunkler Flaum zieht sich vom Bauchnabel hinunter in meinen Schritt.

Da ich im Sommer schnell an Farbe gewinne, die sich auch meist den Winter über eisern hält, ist meine Haut stets leicht gebräunt, so dass die dunklen Adern, die sich an den Armen unter der Haut abzeichnen, kaum auffallen. An der linken Schulter, bis hinunter zum Ellbogen, habe ich mir vor knapp zehn Jahren ein Tattoo stechen lassen. Ich betrachte es einige Minuten im Spiegel.

Das Motiv eine vage zu identifizierende Sanduhr, versteckt in Ornamenten, die an verformte Totenköpfe erinnern. Doch es läuft Blut, anstelle von Sand, nach unten und soll die verrinnende Lebenszeit darstellen. Mir gefällt es. Es hat etwas Düsteres und ist nicht ganz so banal wie ein einfaches Tribal. Kurz lasse ich das Handtuch über meine Haare gleiten, die mir bis zum Kinn reichen.

Meine natürlichen Beach Waves färbe ich mir in regelmäßigen Abständen. Eigentlich sind meine Haare dunkelbraun, doch ich blondiere sie, damit sie zu den Spitzen hin immer heller werden. Nur der Ansatz ist so dunkel wie eh und je. Mein Exfreund meinte immer, ich sehe aus wie ein heißer Surfer Boy, nur ohne jemals auch nur ein Brett in der Hand gehabt zu haben. Lieber trainiere ich in schicken Studios, wo ich andere Kerle beim Schwitzen beobachten kann, als mich im schmutzigen Meer von Haien fressen zu lassen.

„Moin Jonas", begrüße ich meinen Kollegen gähnend, als ich am nächsten Morgen zu ihm ins Auto steige. In meinen Augen tummelt sich noch der Schlaf. Ich bekomme sie fast nicht auf. Jonas hingegen sitzt putzmunter hinter dem Steuer, ausgeschlafen und voller Tatendrang. Wie schafft er es nur jeden Tag um diese Uhrzeit so voller Energie zu sein, während ich schon froh bin, nicht statt Kaffee aus Versehen Spülwasser in meine Tasse zu schütten?

„Guten Morgen Amy", grinst er. Ich hasse es, dass er mich so nennt. Dank meiner amerikanischen Wurzeln haben meine Eltern mich Amery getauft, allerdings hat sich als Spitzname Amy durchgesetzt. Mir gefällt beides nicht sonderlich gut, doch ich habe mich damit abgefunden. Immerhin habe ich mich für die Namenswahl an meinen Eltern gerächt, in dem ich schwul wurde und keinen Hehl daraus mache, wie sehr mich Schwänze anmachen.

Aus den Lautsprechern tönt unnachgiebig heitere Radiomusik, genauer gesagt Popmusik, die ich eigentlich zu keiner Tageszeit ertrage, am allerwenigsten jedoch am frühen Morgen. Motivationslos schnalle ich mich an, lehne den Kopf zurück und schließe demonstrativ die Augen. Hoffentlich versteht Jonas den Wink und hält die Fahrt über einfach die Klappe.

Zu meinem Leidwesen redet mein Kollege zwar nicht die ganze Zeit mit mir, trällert jedoch lautstark und grottenfalsch alle Lieder aus dem Radio mit, während er hinterm Steuer ungelenk tanzt. Es treibt mich so sehr in den Wahnsinn, dass ich mir kurzzeitig wünsche, er würde einfach in den nächstbesten Graben fahren. Das nächste Mal nehme ich mir Ohrstöpsel mit oder fahre selbst. So bleibt mir wenigstens die schlechte Musik erspart.

Eine Stunde vor Beginn der Tagung erreichen wir endlich Frankfurt und die Tortur findet ihr jähes Ende. Am gebuchten Hotel können wir zum Glück schon vor dem Check-in parken. Von dort aus sind es gerade mal fünf Minuten zu Fuß zur Tagungsstätte, zu der wir uns gleich auf den Weg machen. Es handelt sich um ein großes Gebäude mit mehreren Sälen für verschiedene Vorträge.

Mittlerweile bin ich etwas wacher und begrüße einige mir bekannte Leute aus anderen Firmen, die ich fast auf jeder Fortbildung zu Gesicht bekomme. Man kennt sich und hat sich viel zu erzählen. Jonas und ich holen uns an der Anmeldung unsere Namensschilder und ein Programmheft ab, bevor wir uns wieder nach draußen begeben, um mit den anderen noch eine zu rauchen bevor es losgeht.

Jonas und ich unterhalten uns angeregt mit Sabine, einer furchtbar netten Frau, die hier in Frankfurt seit fast zwanzig Jahren bei ein und derselben Firma arbeitet und immer die schönsten Anekdoten zu berichten hat. Bis zur Hälfte habe ich meine Zigarette bereits aufgeraucht, als sich unserer kleinen Gruppe drei weitere Tagungsbesucher nähern. Darunter zwei Männer und eine ziemlich kleine, dickliche Frau mit riesigen Creolen an den Ohrläppchen. Doch sie interessiert mich herzlich wenig.

Sofort zieht einer der beiden Männer meine Aufmerksamkeit auf sich. Mir stockt beinahe der Atem, als dieser vor mir zum Stehen kommt und mich aus tiefschwarzen Augen ansieht. Genau genommen handelt es sich mehr um ein sehr dunkles Braun, doch im richtigen Licht schimmern seine Iriden richtig schwarz.

Alle drei nicken in die Runde und stellen sich kurz vor, während mein Blick unentwegt auf dem Kerl liegt, dessen Name groß auf dem Namensschild steht, das er knapp über der Brust trägt. Namio! Klingt für mich sehr japanisch und passt zu den asiatischen Gesichtszügen. Aber was für ein Japaner das ist. Er hat rein gar nichts

gemein mit den süßen, eher androgynen Pop-
und Rocksängern, die ich aus Japan kenne.

Einen Kopf größer als ich und deutlich breiter, steht er nun vor mir. Dicke schwarze Augenbrauen ruhen über den, für japanische Verhältnisse, großen dunklen Augen und verleihen seinem Blick etwas Gefährliches. Die ausgeprägten
Wangenknochen passen sich perfekt an das eher
längliche Gesicht an und enden kurz über den
vollen, leicht spröden Lippen, die von einem
Dreitagebart umsäumt sind, der über dem Mund
und am Kinn ein wenig länger ist, als an den unteren Wangen.

Durch seine vollen, verwuschelten, schwarzen Haare wirkt er jünger, als er wahrscheinlich
ist. Doch sie tragen ebenso zu diesem Bad Boy
Image bei, auf das ich wirklich abfahre. Mein
Blick schweift betont zufällig zu seinem rechten
Ohr. Ein breiter Ring aus Carbon oder Titan, so
genau kann ich es nicht erkennen, ziert sein Ohrläppchen. Darüber zwei weitere schwarze Ringe,
nur dünner und zum Abschluss noch ein metal-
lener Stecker.

Keine Frage, dieser Typ weiß, dass er cool
und verdammt heiß ist. Schon allein an seiner
geraden, stolzen Haltung lässt es sich erkennen,
dass er genau weiß, wie sehr er aus der Menge
heraussticht. Nachdem ich mich von seinem Anblick für einen kurzen Moment losgerissen habe,

um mich mit den anderen zu unterhalten, damit meine Begierde nicht auffällt, schiele ich wieder zu Namio rüber, diesmal auf seinen restlichen Körperbau fixiert.

Ein lockeres T-Shirt mit tiefem V-Ausschnitt hüllt den muskelbepackten Oberkörper des Japaners dürftig ein. Unter dem leichten Stoff lassen sich sogar ausgeprägte Bauchmuskeln erahnen. Das Shirt ist dunkelgrau und schwarz meliert und die dunklen Augenhöhlen eines Totenkopfes zeichnen sich an der Brust ab.

Da es bereits Richtung Herbst geht, trägt er über dem T-Shirt noch eine schwarze Weste aus Jersey, die an den Rändern mit kleinen, silbernen Nieten besetzt ist. Ob dies das passende Outfit für eine Tagung ist, bei der die meisten Herren im Anzug erscheinen, darüber lässt sich streiten. Es ist jedoch definitiv das Richtige, um mich in den Wahnsinn zu treiben. Ich stehe nun mal auf selbstbewusste, heiße Kerle.

Um den Hals trägt er eine matte Kette aus Edelstahl. Der Anhänger ist so etwas wie eine Hundemarke mit Zeichen darauf, die ich nicht entziffern kann. Das helle Metall bildet jedoch einen wunderbaren Kontrast zu seiner, für japanische Verhältnisse, stark sonnengebräunten Haut. Zudem trägt er eine schwarze, weit geschnittene Stoffhose, die ihm nur bis knapp unterhalb der Knie reicht.

In weiß sind große, verschnörkelte Buchstaben in beide Hosenbeine gestickt. Ich glaube sie ergeben das Wort 'Yakuza'. Ein breiter Ledergürtel blitzt unter dem T-Shirt hervor, wenn er sich bewegt, und hält die Hose an den stämmigen Hüften fest. Einen Moment lang begutachte ich seine nackten Waden und entdecke ein sehr gut gestochenes Tattoo eines Drachens, der sich die Unterschenkel hoch schlängelt, um unter der Hose zu verschwinden.

Ich folge ihm mit dem Blick und bleibe letztendlich am Schritt hängen. Leider ist die Hose zu weit, um die Größe seines Schwanzes zu erahnen. Doch ich habe genug gesehen. Bevor Namio meine schmachtenden Blicke bemerken kann, drehe ich mich weg und lasse meinen Blick über das Tagungsgebäude schweifen. Aus den Augenwinkeln sehe ich, dass der Japaner mich ebenfalls in Augenschein nimmt, jedoch nicht so penetrant wie ich ihn gemustert habe. Eher zufällig gleitet sein Blick an mir herab, ohne dass er auch nur den Hauch einer Gefühlsregung erkennen lässt.

„Wie bitte?", wendet Namio sich von mir ab. Anscheinend hat jemand aus der Runde ihn etwas gefragt, was auch ich nicht mitbekommen habe. Wir stehen mittlerweile zu zehnt hier herum, da kann es schon mal vorkommen, dass man nicht jeden Satz versteht. Trotzdem habe ich das

Wunschdenken, er hätte sich zu sehr auf mich konzentriert, um etwas mitzubekommen.

Bei diesem Gedanken zuckt mein bestes Stück in der Hose. Es bedarf großer Willenskraft meinen Penis unter Kontrolle zu halten und nicht vor allen anderen eine Erektion zu bekommen. Ganz schön schwer nach dieser langen Durststrecke und diesem heißen Kerl in greifbarer Nähe.

„Ich wollte nur wissen wo du herkommst", wiederholt mein Kollege, der neben mir steht, seine Frage. Aha, er war es also, der gerade gesprochen hat. Fast rutscht mir raus, dass er das ja wohl sehen könne, aus welchem Land dieser heiße Typ kommt, kann es mir jedoch gerade noch verkneifen.

„Ich bin Japaner, lebe aber schon seit über zehn Jahren in der Schweiz", antwortet Namio und der Hauch eines Lächelns huscht über sein markantes Gesicht. Ich hatte also Recht mit meiner Vermutung und bin ein kleines bisschen stolz auf meine Kenntnisse.

„Wow, interessant. Sag mal was auf Japanisch. Ich habe keine Ahnung, wie sich das anhört", fordert mein Kollege den Japaner auf, was ich recht dreist finde. Doch Namio nickt grinsend und wendet sich unerwarteter Weise an mich. Sofort beglückt er mich mit einem Redeschwall auf Japanisch und will gar nicht mehr aufhören.

Mit offenem Mund stehe ich vor ihm und starre ihn mehr entsetzt als beeindruckt an. Am Ende seiner Ausführung grinst er erneut und verbeugt sich leicht. Durch unsere Runde geht ein Hauch Begeisterung und Bewunderung.

„Und was heißt das nun auf Deutsch?", fragt mein Kollege lachend und hebt völlig konsterniert die Arme. Namio steigt in das Lachen mit ein und winkt ab. Mir hingegen bleibt das Lachen im Halse stecken und mit Entsetzen stelle ich fest, dass all meine Bemühungen, meine Erregung im Zaum zu halten, vergebens waren. Halb erigiert beult mein idiotischer Schwanz meine Hose aus. Schnell halte ich meine Tasche vor den Schritt, damit niemand etwas bemerkt.

„Sinngemäß habe ich mich gerade bei ihm vorgestellt", dabei zeigt er auf mich „und ihm erzählt wo ich herkomme und was ich beruflich mache. Nichts Spektakuläres." Ich glaube es nicht. Fassungslos schüttele ich den Kopf und murmele ein bissiges „hentai", was so viel wie Perversling bedeutet. Schlagartig vergeht dem Japaner das Lachen und ihm entgleisen die Gesichtszüge. Völlig entgeistert starrt er mich an und vergisst dabei sogar zu blinzeln.

„Sag jetzt bitte nicht du sprichst Japanisch?" Ich zucke nur gleichgültig mit den Schultern und ziehe von dannen. Mit Fremdsprachen ist in der heutigen, globalisierten Welt Vorsicht geboten.

Ich für meinen Teil lerne seit zwei Jahrzehnten Japanisch. Darauf hat mich damals ein Nachbar gebracht, der gerade erst aus Japan nach Deutschland gekommen war und sich kaum in unserer Sprache verständigen konnte.

Ich war gerade mal fünfzehn Jahre alt, mochte den älteren Herren und seine bezaubernde Frau jedoch so sehr, dass ich beschloss ihre Sprache zu lernen, damit er wenigstens mit einer Person hier kommunizieren konnte. Ende vom Lied war, dass mich sowohl das Land als auch die Sprache so sehr begeisterten, dass ich an mein abgeschlossenes Informatikstudium zum Spaß ein paar Semester Japanologie dran hängte, um noch mehr zu lernen. Deswegen habe ich jedes Wort verstanden, das mir Namio geradeheraus ins Gesicht gesagt hat, ohne rot zu werden. Warum auch? Er dachte ja ich verstehe ihn nicht.

Hinter mir höre ich lautes Fluchen, doch ich denke nicht daran seiner Panik ein Ende zu setzen. Der soll ruhig ein bisschen schmoren. Doch insgeheim freue ich mich darüber, dass er mich heiß findet und mich am liebsten ans Bett ketten würde, um mich ins Koma zu vögeln und mir am Ende sein Sperma in die Kehle zu spritzen. Bei dieser Vorstellung richtet sich meine Länge endgültig aus und ich bereite mich darauf vor, den ganzen Tag meine Tasche vor mich halten zu dürfen. 'Geduld, du kommst schon noch auf deine Kosten', denke ich und grinse in mich hinein.

Als junger Erwachsener, der gerne auf Partys ging, habe ich meine Erfahrungen mit diversen One-Night-Stands gemacht. Meistens waren sie nicht so prickelnd. Unter Alkoholeinfluss, nach einer durchzechten Nacht, sind die meisten Kerle zu nichts mehr zu gebrauchen, mich eingeschlossen.

Doch es gab auch andere Situationen, in denen ich mich mit einem Mann nur zum Sex verabredet habe, meist über das Internet. Nach einer Weile weiß man, nach welchen Kriterien man sich die Typen aussuchen muss, um voll und ganz auf seine Kosten zu kommen. Namio ist eindeutig einer dieser Kerle, mit denen eine Nacht mehr als befriedigend ablaufen würde.

Mit schmutzigen Gedanken im Kopf versuche ich mich den restlichen Tag auf die Tagung zu konzentrieren. Kein leichtes Unterfangen, aber ich schaffe es wenigstens meinen Ständer unter Kontrolle zu bringen und ein paar Notizen zu machen, die mir und meinen Kollegen von Nutzen sein könnten.

Dennoch bin ich heilfroh als der letzte Vortrag endlich sein Ende findet und ich das Gebäude verlassen kann. Mein Kollege hat sich für den Abend, mit einigen der Besucher, die er kennt, zum Essen verabredet. Die Einladung mitzukommen habe ich jedoch dankend abgelehnt mit der Ausrede, ich sei zu müde und würde gerne gleich ins Hotel zurückgehen.

Meine eigentlichen Pläne sehen allerdings anders aus. Erst einchecken, dann ein kleines Abendessen. Mit ausreichend gefülltem Magen fickt es sich auf jeden Fall besser. Anschließen werde ich auf die Suche nach Namio gehen. So habe ich mir den Abend vorgestellt und ich bin mir sicher, ausnahmsweise bekomme ich mal das, was ich will.

Nachdem ich meine Tasche ins Zimmer gebracht und mich ausgiebig geduscht habe, gehe ich auf die Suche nach einem kleinen Imbiss. Kein Problem ist dieser großen Stadt. Fast an jeder Ecke drängen sich Imbisse, Supermärkte und Restaurants dicht an dicht. Am Ende entscheide ich mich, passend zum Rest des geplanten Abends, für eine gutaussehende Sushibar und gönne mir etwas rohen Fisch auf kaltem Reis. Bleibt nur zu hoffen, dass mir das Sushi keinen Strich durch die Rechnung macht, indem es mir eine Lebensmittelvergiftung beschert.

Satt und bereit für ein Abenteuer mache ich mich zurück auf den Weg ins Hotel, in der Hoffnung dort auf Namio zu treffen. Notfalls lasse ich mir eben seine Zimmernummer geben. Fest entschlossen trete ich in die durchaus luxuriös wirkende Lobby und lasse den Blick schweifen. Es ist nicht besonders voll, nur ein paar wenige Tagungsbesucher tummeln sich um die Sitzplätze im Foyer und unterhalten sich angeregt.

Ich will schon aufgeben und zur Rezeption gehen, um nach der Zimmernummer zu fragen, da erscheint der heiße Japaner hinter einer der aufgehenden Aufzugtüren an der linken Seite der Lobby. 'Perfekt, er ist alleine', grinse ich in mich hinein und gehe auf ihn zu. Er bemerkt mich letztendlich und sein Gesichtsausdruck zeigt eindeutig, dass ich der Letzte bin, dem er gerade begegnen will.

„Hey, ich wollte fragen, ob dein Angebot noch gilt?" Ich lächle scheinheilig und lege den Kopf ein wenig schief, um süß auszusehen. Leider funktioniert das bei mir nicht so gut, ich sehe jedes Mal eher aus, als hätte ich ein Nackenproblem.

„Welches Angebot?", fragt er sichtlich verwirrt und kaum in der Lage, mir in die Augen zu sehen. An seiner Stelle wäre es mir sicher auch richtig peinlich, denn er kann ja nicht wissen, dass ich ebenfalls auf Männer und vor allem auf guten Sex mit eben jenen stehe.

„Na, mich ans Bett zu fesseln und ins Koma zu vögeln?", raune ich ihm deutlich leiser zu, damit mich niemand anders hören kann. Augenblicklich erhellt sich seine Miene. Die Scham verschwindet gänzlich aus seinem Blick und weicht dem draufgängerischen, etwas überheblichen Ausdruck, den er bei unserer ersten Begegnung an den Tag gelegt hat.

Wortlos packt er mich am Arm und bugsiert mich in den Aufzug, der noch ungenutzt und offen auf uns gewartet hat. Ungeduldig drückt Namio auf den Knopf, der die Tür schneller schließen lässt. Als sie endlich zu ist und der Fahrstuhl sich in Bewegung setzt, packt er mich an den Schultern und drängt mich gegen den großen Spiegel an der Rückseite.

„Ich hoffe du weißt, worauf du dich hier einlässt? Wenn es um Sex geht kenne ich keine Gnade", knurrt er ganz nahe an meinem Gesicht und fixiert meine Augen mit einem funkelnden Blick, der seine Aussage definitiv unterstreicht. Doch mich bringt nichts so leicht aus der Fassung, also halte ich seinem durchdringenden Blick eisern Stand und schmunzle.

„Das weiß ich. Und du solltest wissen, dass ich unersättlich bin und du mir besser geben solltest, was ich will!" Ein breites Grinsen schleicht sich auf sein hübsches Gesicht, als der Aufzug hält und er mich wieder loslässt. Mit großen Schritten eilen wir zu seinem Zimmer und in meiner Hose zuckt mein kleiner Freund bereits vor Aufregung.

Kaum fällt die Tür hinter uns ins Schloss, werde ich mit dem Rücken gegen sie gedrängt,

Namios rechtes Bein zwischen meinen Beinen. Sofort nimmt er meine Lippen in Beschlag und ich darf endlich von ihm kosten. Der liebliche Geschmack mischt sich mit dem herben Duft seiner Haut und vernebelt mir die Sinne, während sein Bein unaufhörlich meinen Schritt massiert. Hitzewallungen übermannen meinen Körper. Seine Lippen sind zwar weich, doch die Wucht, mit denen er sie gegen meinen Mund presst lässt keine Zweifel daran, dass er mich genauso sehr begehrt, wie ich ihn.

Scheiß auf hetero! Das ist der beste verdammte Kuss, den ich je bekommen habe. Keine noch so weichen Frauenlippen können mit diesen rauen, vollen und fordernden Lippen mithalten. Und ja, ich habe tatsächlich schon mal eine Frau geküsst, als ich mir meiner Sexualität noch nicht ganz sicher war. Das ist allerdings schon ewig her. Namios Lippen schmecken weitaus köstlicher und die Intensität des Kusses presst mir beinahe die Luft aus den Lungen. Ich höre mich leise wimmern, während sich unsere Lippen heftig gegeneinander bewegen.

Meine Hände verirren sich in Namios volles, schwarzes Haar, als seine Zunge fordernd über meine Lippen gleitet, um kurz darauf meinen Mund zu erkunden. So gerne ich ihn auch ansehe, ich kann nicht verhindern, dass ich meine Augenlider in völliger Hingabe schließe. Mein Gehirn ist plötzlich vollkommen leer, nur der intensive Kuss und der kräftige Körper, der sich an mich drückt, zählen in diesem Moment.

Lange währt die Knutscherei jedoch nicht, schließlich wollen wir hier nicht einen auf Romantik machen. Was wir beide wollen ist klar. Es geht hier lediglich um Sex. Keine Floskeln, keine Liebeserklärungen und kein zu langes Vorspiel, ganz nach meinem Geschmack. Ich sollte mich doch öfter wieder auf einen One-Night-Stand einlassen.

Während er sich von meinen Lippen löst, zieht Namio bereits mein Oberteil nach oben und erkundet die freigelegte Haut grob mit den Händen. Seine Fingerspitzen sind der pure Himmel auf meiner Haut. Und schon wird es kurzzeitig dunkel um mich herum, als er mir das Oberteil kurzerhand über den Kopf zieht und achtlos zu Boden fallen lässt. Ein zufriedenes Knurren löst sich aus seiner Kehle. Ihm scheint zu gefallen was er sieht.

Doch bevor ich auch meinen heißen Japaner obenrum entkleiden kann, hat der sich schon auf die Knie fallen lassen. Seine Fingerspitzen fliegen über meine Haut am Saum meiner Hose, tanzen über meine unteren Bauchmuskeln und bringen meine Muskeln zum Zittern. Dann fummelt er am Reißverschluss meiner Hose herum. Geschickt öffnet er auch den Knopf und schiebt das störende Teil samt Unterhose hinunter bis zu meinen Knien. Noch nicht vollkommen hart baumelt meine Länge vor den sündigsten Lippen herum, die ich je habe kosten dürfen.

„Ich will deinen Schwanz lutschen", flüstert er heiser und knabbert kurz an meinem Oberschenkel. Bevor er mich in den Mund nimmt, vergräbt er den Kopf in meinem Schritt und atmet tief ein. „Du riechst verdammt gut." Ein kurzer heißer Blick zu mir nach oben und schon öffnet sich sein Mund, um mich an der Stelle, an der ich es am meisten brauche, zu verwöhnen.

Genussvoll gleitet seine Zunge über meine Spitze und taucht in den kleinen Spalt ein. Ich lehne mich zurück und genieße die Erregung, die durch meinen Körper fließt. Je hartnäckiger er die Spitze bearbeitet, desto lauter beginne ich zu keuchen. Zu lange hat mich keine fremde Zunge oder Hand mehr angefasst. Hoffentlich hat dieses Hotel schallisolierte Zimmer.

Namios dunkle Augen blitzen wollüstig auf, als er den Mund weit öffnet und meinen Schwanz langsam hineingleiten lässt. Währenddessen nestelt er an seiner eigenen Hose herum und befreit seinen erigierten Penis aus der Enge. Aus dieser Position habe ich leider keinen guten Blick auf sein Gemächt, doch schon allein die dicke, pulsierende Eichel lässt erahnen, wie gut bestückt der Japaner sein muss. Mir läuft das Wasser im Mund zusammen. Ich wende den Blick von seinem Schritt ab und beobachte ihn beim Blasen meines Schwanzes. Ein faszinierender Anblick einen so heißen Kerl eifrig an seinem steinharten Penis lutschen zu sehen.

„Ich will dich schmecken", keuche ich abgehakt hervor. Der Mund um meine Länge fühlt sich so warm und feucht an, dass es mir schwer fällt einen klaren Gedanken zu fassen. Dass es eindeutig ein Fehler war, ihm mein Verlangen nach seinem Schwanz zu offenbaren, merke ich, als er von mir ablässt und ich das wunderbare Gefühl, das er mir beschert hat, sofort schmerzlich vermisse.

Kaum ist Namio aufgestanden, zwingt er mich mit dominantem Druck auf meine Schultern in die Knie, und wartet gar nicht erst ab, bis ich von mir aus die Initiative ergreife. Gnadenlos schiebt er seinen dicken Schwanz in meinen Rachen, bis ich würgen muss und mir der Speichel aus den Mundwinkeln fließt. Er kennt jedoch kein Erbarmen und hält meinen Kopf eisern in Position, während er sich ein weiteres Mal tief in meinen Mund drückt. Ich hasse und liebe diese Art von Dominanz, die mein Japaner an den Tag legt.

Wie erwartet ist Namio dermaßen gut bestückt, dass ich nicht anders kann, als beim Gedanken, dieses Glied in meinem Hintern zu spüren, zu stöhnen. Die Vibrationen meiner Kehle übertragen sich auf seine Länge und er beginnt keuchend meinen Mund zu ficken. Bevor ich kläglich ersticke entzieht er sich mir und entkleidet sich vollständig. Er sah schon sehr heiß in Klamotten aus, aber nackt ist er ein wahrer Gott.

Leider komme ich nicht dazu, seinen Körper länger zu bewundern, denn ich werde unsanft an den Haaren gepackt. Auf allen Vieren krieche ich dem unangenehmen Zug an meiner Kopfhaut hinterher Richtung Bett und lege mich brav bäuchlings quer über die Matratze. Meine Beine baumeln über den Rand hinaus und werden sogleich vom restlichen Stoff befreit und auseinandergeschoben.

Der Japaner kniet sich hinter mir auf den Boden und drückt meine Pobacken auseinander. Der Anblick meines rosigen Eingangs bringt ihn zum Stöhnen. Ich spüre seinen warmen Atem in meinem Spalt und dränge mich ungeduldig nach hinten, um ihn zum Weitermachen zu animieren. Namio lacht belustigt auf, gibt mir jedoch wonach ich lechze.

Mit Zunge und mehreren Fingern bereitet er mich auf seine Länge vor und ich komme fast um vor Lust und Erregung. Bald halte ich es nicht mehr aus und stemme mich mit den Händen nach oben, den Blick nach hinten gewandt.

„Fick mich endlich. Ich drehe sonst noch durch", flehe ich Namio an. Genau darauf scheint er gewartet zu haben, denn er lässt sofort von meinem Eingang ab und richtet sich auf. Ich krabbele an die Bettkante und küsse ihn leidenschaftlich auf den Mund, während er nach einem Kondom und Gleitmittel fischt. Er stülpt es sich gekonnt über und verteilt das kalte Gel großzügig auf seiner Länge.

In Ermangelung an Material mich ans Bett zu fesseln, was bei diesen Hotelbetten sowieso nicht gehen würde, da das Kopfteil aus einem einzigen großen Holzteil besteht, packt er mich unterm Hintern und hebt mich ohne große Mühe hoch. Sein pulsierender Schwanz bereits an meinem Eingang, trägt er mich zur nächstbesten Wand. Mein Rücken knallt unsanft dagegen.

Ich schlinge meine Arme fest um Namios Nacken und schiebe ihm verlangend die Zunge in den Hals. Nur kurz unterbreche ich unseren heißen Kuss, als er beginnt in mich einzudringen. Mein Loch widersetzt sich dem Eindringling zunächst, obwohl er sich nichts sehnlicher wünschte, als endlich ausgefüllt zu sein. Doch meine Muskeln ziehen sich instinktiv zusammen.

Am Ende gelingt es Namio mit der Spitze seines Schwanzes meinen Muskelring zu durchbrechen, um vorsichtig, aber unnachgiebig, in mein williges Loch einzudringen. Jeder Zentimeter der

Penetration, und es sind wahrlich viele Zentimeter, bringt eine neue Welle der Erregung und des Schmerzes mit sich. Ich liebe es!

Der Umfang seines Gliedes ist größer, als alles, was ich bisher in mir hatte, und bringt mein Rektum beinahe zum Bersten. Ich genieße das schmerzhafte Ziehen, das sich mit meiner Lust vermischt und mich an den Rand des Wahnsinns treibt. Endlich ganz in mir versunken, hält Namio kurz inne. Ein kurzer Augenblick, den ich nutze, mich von seinen feuchten Lippen zu lösen und zurückzulehnen.

Andächtig streiche ich mit den Fingerspitzen über seine trainierten Arme, ziehe die Muskelfasern nach und geile mich an diesem Anblick auf. Die Lippen zu einem verschmitzten Grinsen verzogen beobachtet der heiße Japaner mich dabei, wie ich ihn anschmachte. Doch ich schäme mich nicht für mein Verlangen und versuche mich in dieser äußerst einengenden Position gegen den Schwanz in meinem Hintern zu bewegen.

Ein eindeutiges Zeichen dafür, dass es mir zu langsam geht. Meine Länge wippt bei der Bewegung aufgeregt gegen Namios Bauch und hinterlässt einen feuchten Faden auf der erhitzten Haut. Zum Glück lässt er mich nicht länger warten und hebt mich mit seinen starken Armen ein Stück an, um in mich stoßen zu können. Der erste kräftige Stoß jagt mir einen angenehmen Schauer über den Rücken.

Bis zum Anschlag schiebt er seine Länge ohne Pause in mich hinein und der Schmerz, den die Dehnung auslöst reizt meine sowieso schon überreizten Nervenbahnen noch weiter. Ich liebe dieses Gefühl des Ausgeliefertseins und meine Lust und den Schmerz nicht selbst kontrollieren zu können.

Augenblicklich zuckt mein Glied Richtung Bauchdecke. Weitere heiße Lusttropfen lösen sich von der Spitze und ziehen klebrig ihre Bahn zu meinem Bauchnabel. Namio lässt mir keine Zeit, sondern stößt gleich wieder kräftig zu, während das Verlangen in seinen dunklen Augen blitzt. Hilflos kralle ich mich an seinen Oberarmen fest und versuche mich in Position zu halten.

Der Winkel ist perfekt. So gut, wie dieser dicke Schwanz zielsicher meine Prostata reibt, muss ich mich zurückhalten, nicht ohne zusätzlich Handarbeit einfach zu kommen. Bald vergesse ich, dass mich dieser wunderschöne Japaner gerade gegen die Wand fickt und werfe stöhnend den Kopf in den Nacken. Mit einem lauten Knall klatscht mein Hinterkopf gegen den rauen Putz. Mir wird kurzzeitig schwarz vor Augen, doch das geile Gefühl in meinem Hintern holt mich schnell in die Realität zurück.

Namio scheint sich nicht daran zu stören und wird in seinen Stößen immer schneller und heftiger. Nur ein Ziel vor Augen, stöhnt er lautstark, während mein Rücken in immer kürzeren Abständen gegen die Wand gedrückt wird. Um mir selbst Abhilfe zu verschaffen löse meine rechte Hand von seinem Oberarm und greife zwischen unsere Oberkörper an meine steil aufgerichtete, pulsierende Länge. Die rot geschwollene Spitze pulsiert unter meinen Fingern, bevor ich meine Hand über den Schaft gleiten lasse und mich im Rhythmus der kräftigen Stöße wichse.

„Beeil dich, ich halte nicht mehr lange durch", keucht Namio gegen meine Lippen, die er wieder eingefangen hat und fahrig mit der Zunge bearbeitet. Er schmeckt so wahnsinnig süß, dass es mir die Sinne raubt. Hastig pumpe ich meinen Schwanz auf und ab, da ich unbedingt noch während dem Fick kommen möchte. Um keinen Preis der Welt möchte ich diesen begehrenswerten Mann, der mich so verdammt gut rannimmt, um die geilen Kontraktionen meiner Muskeln um sein Glied bringen.

Namios Hüfte prallt mit jedem Stoß gegen meine empfindlichen Hoden, was mich ebenfalls meinem Höhepunkt unaufhaltsam näherbringt. Wie besessen reibe ich meine Länge und stoße mir, während mich der geilste Orgasmus, den ich je hatte, übermannt, ein weiteres Mal den Kopf an der Wand, diesmal noch stärker als vorhin.

Mein Samen spritzt in mehreren Schüben auf unsere Oberkörper und eine Welle an Lust breitet sich in meinem gesamten Körper aus. Der Japaner rammt sich ein letztes Mal in meinen zuckenden Körper, bevor auch er seinen Saft nicht länger in sich halten kann und sich stöhnend in mir ergießt. Wir küssen uns, am Ende unserer Kräfte angelangt.

Anschließend trägt Namio mich zurück auf das Bett und lässt sich neben mir in die Laken fallen. Mir geht es plötzlich gar nicht mehr gut, alles dreht sich um mich herum. Zunächst schiebe ich es auf den, sehr lange andauernden, Orgasmus, doch als der Japaner sich zu mir dreht und mich mit einem kritischen Blick betrachtet, spüre ich, wie mir schwarz vor Augen wird und ich das Bewusstsein verliere.

„Hallo junger Mann, können Sie mich hören?", vernehme ich scheinbar weit entfernt eine mir fremde Stimme und versuche mühsam die Augen zu öffnen, während mein Schädel unangenehm dröhnt. Ich muss mehrfach blinzeln, um überhaupt etwas sehen zu können. Doch dann erkenne ich die Umrisse eines mir unbekannten Mannes, der sich über mich beugt und kritisch betrachtet. Er trägt ein weißes Shirt und eine orangefarbene Jacke darüber. Plötzlich erkenne ich, dass es sich zweifellos um einen Sanitäter handelt. Was zur Hölle ist hier los?

„Na endlich, er ist wieder bei uns", sagt der Mann zufrieden und beginnt an mir herumzudrücken. Entsetzt stelle ich fest, dass ich noch immer nackt bin. Nur an meinem Hintern spüre ich Stoff. Als ich an mir heruntersehe, merke ich, dass mir wenigstens meine Unterhose übergezogen und die Sauerei, die mein Sperma auf dem Oberkörper hinterlassen hat, entfernt wurde. Trotzdem fühle ich mich unwohl in meiner Haut.

„Wissen Sie welcher Tag heute ist?", fragt der Sanitäter und leuchtet mir mit einer grellen Lampe in die Augen. Sofort kneife ich sie fest zusammen, um dem Schein zu entgehen, beantworte jedoch brav die Frage. Es folgen noch weitere, die ich ohne Probleme beantworten kann und der Mann scheint zufrieden zu sein mit mir.

„Sieht mir nach einer gewöhnlichen Gehirnerschütterung aus. Ich würde Sie allerdings gerne ins Krankenhaus mitnehmen, um eine schlimmere Kopfverletzung auszuschließen", eröffnet mir ein anderer Sanitäter, der sich an einer Trage zu schaffen macht. Vorsichtig drehe ich den Kopf in die andere Richtung und starre plötzlich in das belustigte Gesicht des Japaners, mit dem ich gerade erst geschlafen habe. Oh Gott, ist das alles peinlich.

„Wie ist das denn genau passiert", will der Mann in orange wissen und ich spüre meine Wangen röten. Bevor ich antworten kann, ergreift Namio das Wort. Sehr zu meinem Leidwesen, denn ich hätte den Vorfall deutlich humaner ausgedrückt. Nicht so mein Japaner, dem es nicht peinlich zu sein scheint, was wir hier getrieben haben.

„Ich habe ihn gegen die Wand gefickt und er hat sich mehrfach den Kopf angeschlagen", kichert er und streicht mir beinahe liebevoll über die Haare. Jetzt wäre der Moment, in dem ich am liebsten gleich wieder das Bewusstsein verlieren würde, doch leider wird mir diese Erlösung nicht zuteil. Vielleicht kann ich die Sanitäter ja zum Narren halten, wenn ich einfach meine Augen wieder schließe?

„Am besten ficken Sie ihn nächstes Mal einfach im Bett, da bekommt man nicht so schnell eine Gehirnerschütterung", tadelt einer meiner Helfer Namio und ich kann das Grinsen förmlich spüren, das dieser auf den Lippen haben muss. Na, dann verbringe ich die restliche Tagung eben im Krankenhaus. Zumindest hatte ich verdammt guten Sex. So gut, dass mir im wahrsten Sinne des Wortes das Hirn rausgevögelt worden ist.

Nachdem die Sanitäter mich vor Ort so gut wie möglich versorgt haben, bringen sie mich ins nächstgelegene Krankenhaus. Allerdings ohne

Blaulicht, so dringend ist es dann wohl doch nicht. Bei der Übergabe an die in der Notaufnahme tätige Schwester, erklären die beiden, für meinen Geschmack etwas zu laut und zu ausführlich, was mir zugestoßen ist, beziehungsweise wer zu hart in mich gestoßen hat.

Gerne darf sich jetzt der Erdboden vor mich auftun und mich im Ganzen verschlingen. Leider passiert das natürlich nicht und ich bin den Blicken weiterer wartender Patienten ausgesetzt, während ich auf der Trage auf den Arzt warte. Da es sich um eine Kopfverletzung handelt, werde ich glücklicherweise schnell erlöst und darf in die Computertomografie, wo ein Bild von meinem Schädel gemacht wird.

Am Ende liege ich zur Überwachung auf Station mit einer deftigen Gehirnerschütterung, jedoch keinem schlimmeren Schädel-Hirn-Trauma. Vollgepumpt mit Schmerzmitteln döse ich weg und wache erst am nächsten Morgen wieder auf, als mich eine Schwester unsanft weckt und mich zur Morgentoilette aus dem Bett schmeißt.

Mein Schädel brummt wie noch nie zuvor und bei jedem Schritt wird mir schwindelig. Trotzdem schaffe ich es ins Bad, um mich frisch zu machen. Einige Tabletten später geht es mir etwas besser, doch ich soll brav liegen bleiben und meine Augen schonen. Außerdem spare ich mir das Frühstück, denn auch mein Magen randaliert.

Gegen halb zehn klopft es leise an der Tür und ich bitte den ungebetenen Besucher brummend herein. Es ist mein Arbeitskollege Jonas, der netterweise direkt informiert wurde und sich nun stirnrunzelnd zu mir ans Krankenbett gesellt. Ich frage mich allerdings, wer ihn informiert hat. Namio? Das Krankenhaus? Hoffentlich nicht Namio, denn der nimmt kein Blatt vor den Mund.

„Scheiße, wie ist das denn passiert?", schüttelt er fassungslos den Kopf. Anscheinend hat ihn der Japaner nicht komplett aufgeklärt. Glück gehabt. Das muss ich dann wohl selber machen, obwohl es mir nicht gerade leicht fällt zuzugeben, was der wahre Grund für meine Gehirnerschütterung ist. Vollgepumpt mit Schmerzmitteln bin ich jedoch genug auf Droge, dass ich das Ausmaß meiner Situation nicht allzu ernst nehme.

„Na ja, das kommt wohl davon, wenn man Japanisch spricht und auf das Angebot eingeht", murmle ich müde und bewege meinen Kopf auf dem Kissen, um eine angenehmere Position zu finden. Vergebens. Egal wie ich den Kopf drehe und wende, an den Schmerzen ändert es so gut wie nichts. Ich stöhne frustriert auf.

„Welches Angebot? Du hast mir immer noch nicht verraten, was der Typ zu dir gesagt hat." Jonas nimmt sich einen Stuhl und setzt sich neben mich ans Bett. Gespannt wartet er auf meine Erklärung. Was soll's, aus der Nummer komme ich nicht mehr raus, also warum soll ich ihm nicht die Wahrheit beichten.

„Glaub mir, das willst du nicht wissen. Aber auf jeden Fall hat es dazu geführt, dass ich mit ihm im Bett gelandet bin. Besser gesagt an der Wand, an der ich mir so dermaßen den Kopf gestoßen habe, dass ich jetzt mit Gehirnerschütterung hier liege." Demonstrativ und so leidend wie möglich fasse ich mir mit der Hand an die pochende Stirn.

„Du hattest Sex mit einem Mann?" Die Augen weit aufgerissen starrt mein Kollege mich ungläubig an. Wenigstens erkenne ich keinerlei Ekel oder Abneigung in seinem Gesicht. Ich seufze leise und nicke. Trotz der Schmerzen zuckt mein Schwanz beim Gedanken an den heißen Körper und vor allem dem prächtigen Schwanz, der es mir letzte Nacht so wunderbar besorgt hat.

„Tja, peinlicher kann es eh nicht mehr werden. Ja, ich bin schwul und Namio anscheinend auch. Und ja, wir haben es miteinander getrieben und dabei wohl etwas übertrieben", gebe ich kleinlaut zu und verkrieche mich bis zur Nasenspitze unter der schützenden Bettdecke.

„Ich weiß gerade nicht, was mich mehr entsetzt. Dass du schwul bist und mir das jahrelang verheimlicht hast oder, dass du nach dem Sex im Krankenhaus landest." Jonas versucht entsetzt drein zu schauen, schafft es jedoch nicht ein gehässiges Lachen zu unterdrücken. Ich kann es ihm nicht verübeln.

„Seid ihr jetzt ein Paar?", fragt er und wirkt auf einmal sehr entzückt. Anscheinend hört er, im Gegensatz zu mir, bereits die Hochzeitsglocken läuten. Ich höre in meinem Kopf auch Glocken läuten, allerdings aus anderen Gründen.

„Was? Nein, es war nur Sex. Auf eine Beziehung habe ich momentan echt keine Lust. Mein letzter Freund hat mich mehrfach betrogen", denke ich an den Idioten zurück. Zugegeben, mit ihm war der Sex nie so abenteuerlich wie mit Namio. Es hat von Anfang an die Leidenschaft gefehlt. Doch die rosarote Brille hat ihr übriges getan.

„Das tut mir leid. Aber gib nicht auf. Und vielleicht hat das mit Namio ja doch Zukunft? Zumindest finde ich, ihr wärt ein ziemlich süßes Pärchen. Aber nicht, dass du mir in die Schweiz ziehst!" Mein Kollege grinst plötzlich über beide Ohren und sein Blick schweift verträumt gen Decke. Wenigstens scheint er mich nicht als Kollege verlieren zu wollen, obwohl ich mich soeben vor ihm geoutet habe.

„Halt die Klappe!", murre ich und ziehe die Decke ganz über den Kopf. Süß ist hier definitiv nicht das Wort der Wahl. Eine Beziehung mit Namio wäre meinem Erachten nach eher saugefährlich. Wer weiß, was er mir beim nächsten Mal an körperlichen Leiden beschert. Dennoch muss ich lächeln, was Jonas zum Glück nicht sehen kann, da ich immer noch unter der Bettdecke vor mich hin brummle.

Das Leben eben

Shortstory 2:

Manchmal ist das Leben grausam. Doch Sven kommt der Selbstmord eines Nachbarn ganz gelegen, denn dessen Sohn ist eine wahre Augenweide und vor allem willig.

Hat das Leben überhaupt einen Sinn? Also außer der Fortpflanzung und der daraus resultierenden Erhaltung unserer perfiden Art? Nein! Und deshalb versucht jeder, das Beste aus seinem kurzen Dasein auf der Welt raus zu holen. Sich selbst zu verwirklichen, Reichtum zu erlangen und dem Tod durch fortschrittliche Medizin ein Schnippchen zu schlagen. Aufhalten lässt er sich jedoch nicht. Jeder betrachtet am Ende seines, mehr oder weniger erfolgreichen Lebens, die Radieschen von unten. Und von unten ist dieses leichte scharfe Gemüse deutlich unansehnlicher als von oben. Zumal dann auch noch die Würmer kommen und sich an den Toten laben, die völlig entstellt vor sich hin rotten.

Vielleicht sollte man gar nicht zu viel darüber nachdenken und das Leben einfach genießen, solange es möglich ist. Leider gelingt mir das nicht immer. Vor allem nicht an Tagen wie diesen. Dabei ist es eigentlich der perfekte Tag um die Welt in all ihrer Schönheit zu entdecken. Die Sonne scheint, die Temperatur ist angenehm sommerlich und die Blumen auf meinem großzügigen Balkon blühen in voller Farbenpracht. Mit einem guten Buch saß ich bis eben noch auf meinem neu erworbenen, sehr bequemen Liegestuhl, den ein bekannter Discounter pünktlich zum Sommeranfang im Sortiment hatte. Wenn ich den Blick hebe, sehe ich über das Geländer die Wipfel der Bäume, die unsere Wohnanlage säumen und saftig grüne Blätter tragen.

Das ist etwas, das mich am Sommer nervt. Die grünen Bäume, durch deren üppige Blättervielfalt ich nicht mehr in die Wohnungen der gegenüberliegenden Häuser schauen kann. Dabei beobachte ich meine Mitmenschen doch so gerne. Schräg gegenüber von meinem Küchenfenster wohnt ein sehr alter, runzliger Mann, der exakt fünfundvierzig Minuten für das Mittagessen braucht, obwohl es ihm bereits in Breiform serviert wird. Das stete Führen des Löffels zum Mund in doppelt verlangsamter Zeitlupe wirkt beruhigend. Manchmal erwische ich mich, wie ich währenddessen vor dem Fenster weg döse. Einige Küchenkräuter, die in meiner Küche auf der Fensterbank stehen, mussten dadurch schon dran glauben. Wenigstens rieche ich dann den restlichen Tag nach frischen Kräutern und werde häufig nach dem Namen meines recht eigenwilligen Aftershaves gefragt.

Doch zurück zum heutigen Tag. Bis vor einigen Minuten habe ich mein Buch und den Ausblick abwechselnd genossen, als plötzlich etwas Großes von oben herabfiel und an meinem Balkon, der sich im vierten Stock befindet, mit rasanter Geschwindigkeit vorbeisauste. Die Schwerkraft siegt nun mal immer. Noch während ich rätselte worum es sich denn handelte, prallte die Masse auf der Wiese neben den Eingängen mit einem sehr lauten Klatschen auf. Rumms! Was auch immer gefallen war, es hatte sein Ziel erreicht.

Genau in diesem Moment war es vorbei mit der Ruhe. So ziemlich alle Bewohner waren an diesem Sonntagnachmittag daheim und sonnten sich auf den Balkonen. Jetzt standen etliche von ihnen am Geländer, schrien, weinten und kreischten aufgelöst. Man müsse einen Notarzt rufen. Nein, der Mann auf dem Balkon ein paar Stockwerke höher, war der Meinung, der nütze nichts mehr, hier könne nur die Polizei helfen. Ich bin mir nicht sicher, wer am Ende tatsächlich zum Hörer gegriffen und den Notruf gewählt hat, doch kurze Zeit später ertönten die Sirenen diverser Rettungsfahrzeuge und Polizeiwagen.

Neugierig von dem heillosen Durcheinander, habe auch ich letztendlich das Buch beiseitegelegt und bin ans Geländer getreten. Aha, die füllige Masse war wohl mal ein Mensch, zumindest der Blutlache und den abartig verdrehten Gliedmaßen nach. Viel Menschliches war wahrlich nicht mehr zu erkennen. Die Person war Matsch und wäre sie noch ein paar Stockwerke weiter oben gewesen, könnte sie sich jetzt schon die Radieschen von unten ansehen, so tief ist die Mulde, die durch die Wucht des Aufpralls entstanden ist.

Im Moment riegelt die Polizei den Ort des Geschehens ab, während die Rettungssanitäter nur noch den Tod feststellen können und unverrichteter Dinge von dannen ziehen. Auf dem Balkon neben mir überlegt ein Ehepaar lautstark, um welchen unserer Nachbarn es sich wohl handelt. Leider kann ich ihnen nicht behilflich sein, ich kenne so gut wie niemanden in diesem Haus namentlich. Dabei wohne ich schon gut zwanzig Jahre hier. Faszinierend wie gut es funktioniert, sich aus allem rauszuhalten und ein komplett abgeschottetes Leben zu führen in einem fünfzig Parteien Haus.

„Ich sag dir, Uschi, das ist der Mann von der alten Hexe aus dem fünfzehnten Obergeschoss. War nur eine Frage der Zeit, bis der ihr Gemecker nicht mehr länger erträgt", mutmaßt Uschis Mann, der seinen beachtlichen Bierbauch im gerippten weißen Unterhemd präsentiert und sich die Ursache für diesen Bauch aus einer braunen Flasche in den Rachen schüttet. Uschi, eine dickliche, ziemlich klein geratene Frau Ende vierzig, schüttelt ihr schütteres graues Haar.

„Nee, das glaube ich nicht. Das ist bestimmt der Krämer. Weißte doch, der war schon immer komisch. Wie der schon immer guckt und grüßen tut der auch nie. Nee, das ist nicht der Mann der Hexe." Zur Bestätigung der Dummheit ihres Ehegatten schlägt sie ihm gegen den Hinterkopf und lässt tadelnd ihren Blick über dessen Wampe streifen.

Es muss nur mal ordentlich was passieren, dann kommen die skurrilsten Vorwürfe zutage. Plötzlich weiß jeder über jeden Bescheid. Kennt die Vorgeschichte des Betroffenen und kann Blicke deuten. Man hat es ja schon immer geahnt, nicht? Schade eigentlich, dass diejenigen, die alles schon vorher wissen, nicht schon im Vorfeld einschreiten, um Schlimmeres zu verhindern oder gar Hilfestellung zu leisten, damit die Person wieder auf die richtige Bahn kommt.

Ich habe vorher nichts geahnt. Mir kann man nur vorwerfen, dass ich generell kein großes Interesse an den Belangen meiner Mitmenschen hege. Während die Ratestunde in die nächste Runde geht, löst die Ehefrau des gesprungenen Mannes das Rätsel um die Identität auf, in dem sie aus dem Hausgang tritt und der Polizei Rede und Antwort steht.

„Siehste, wir lagen beide falsch. Das ist doch die Hildegard vom Bernd. Hätten wir auch gleich draufkommen können. Der hat doch vor kurzem den Job verloren. Da kann man schon mal verzweifeln", nickt der Mann von Uschi und gönnt sich noch einen großen Schluck Bier aus der halbvollen Flasche. Na klar, dass ich da nicht gleich draufgekommen bin. Jeder, der seinen Job verliert stürzt sich kurz darauf aus dem fünfzehnten Stock in den Tod und lässt seine Familie zurück. Uschis Mann sollte Psychologe werden. Wäre da nicht Uschi, die wieder Einwände hat.

„Nee, der Bernd, der war doch krank. Haste das nicht mitbekommen? Aber du bist ja nur am Saufen, da kann man ja gar nichts mehr mitkriegen." Der nächste Schlag auf den Hinterkopf meines Nachbarn sitzt. Wahrscheinlich verabschieden sich nun die übriggebliebenen Gehirnzellen, die noch nicht dem Alkohol zum Opfer gefallen sind, auf Nimmerwiedersehen.

Ich wende mich wieder dem Geschehen auf der Wiese zu. Komisch, die Frau des Verstorbenen scheint nicht besonders emotional auf den Freitod ihres Mannes zu reagieren. Entweder steht sie unter Schock oder der Selbstmord war angekündigt und mit ihrer Genehmigung vonstattengegangen. Aber ich möchte mich da nicht zu weit aus dem Fenster lehnen. Sonst falle ich womöglich ungewollt in die Tiefe und definitiv auf die Fresse. Beim Verlassen meines Balkons, um dem Tumult zu entgehen, höre ich von unten die weinerliche Stimme einer Frau.

„Dieses Ereignis wirft einen Schatten auf unsere Wohngemeinschaft, auf unser gesamtes Leben. Nichts wird jemals wieder so sein, wie es einmal war", jammert sie theatralisch, während die Uschi und der Bierbauch zustimmend nicken. Doch, gute Dame, es wird sich nichts für uns ändern. Wir werden weiterleben und über die Mulde in der Wiese wird Gras wachsen, sowie über die ganze Sache. Bald schon erinnert nichts mehr an den grausamen Suizid unseres Nachbarn. So sind wir Menschen nun mal. Kurzzeitig geschockt, ja fast gelähmt, und im nächsten Moment erscheint alles vergessen, als wäre es nie passiert. Ich fange bereits an zu vergessen, während ich zurück in meine Wohnung gehe, die Balkontür schließe und mein Buch auf dem Sofa weiterlese. Was soll ich auch anderes tun?

Als ich am nächsten Tag von der Arbeit heimkomme und in den Fahrstuhl steige, habe ich die Sache vom Vortag mit der Leiche im gemeinschaftlichen Garten unseres Hochhauses schon fast wieder vergessen. Da steigt allerdings die Frau des Verstorbenen zu mir in den Aufzug und erinnert mich somit an die Geschehnisse.

Ihr Gesicht ist eingefallen und ihre glasigen Augen von Trauer umnachtet. Alles in allem wirkt sie wie ein Gespenst, das nur noch hier auf der Erde verweilt, um andere heimzusuchen. Sie sagt nichts, doch ich merke an ihrer starren Haltung, dass sie ganz genau weiß, niemandem ist der Tod ihres Mannes hier entgangen. Nun ist es an mir die eisige Stille zu durchbrechen und ihr den gebührenden Respekt zu erweisen.

„Mein herzliches Beileid. Es tut mir sehr leid, dass Sie Ihren Mann auf diese Weise verloren haben“, krächze ich. Meine Stimme lässt mich im Stich. Warum heißt es eigentlich herzliches Beileid? Irgendwie finde ich das Wort herzlich in diesem Zusammenhang fehl am Platz. Wahrscheinlich weil es von Herzen kommen soll, trotzdem unpassend.

„Danke. Sie wollen sicher wissen, warum mein Mann sich in den Tod gestürzt hat.“ Um ehrlich zu sein eigentlich nicht, doch da scheine ich der einzige zu sein. Ihrem Gesichtsausdruck zufolge müssen sie schon einige Leute ausgefragt haben. Von wegen Beileid, das nenne ich eher Sensationsgeilheit. Je länger ich drüber nachdenke, desto mehr wird mir jedoch bewusst, dass ich doch gerne wüsste, was einen gestandenen Mann dazu treibt, sich vom Hochhaus zu stürzen.

Die Dame wartet meine Antwort gar nicht erst ab, sondern rattert ihren Text herunter, den sie sich wohl zurechtgelegt hat. Ob sie das nur tut, um die Gier anderer zu befriedigen oder weil sie selbst einfach darüber reden muss, kann ich nicht erkennen. Im Endeffekt spielt es auch keine große Rolle, denn was sie mir eröffnet löst eine solche Wut in mir aus, dass ich ihr am liebsten eine scheuern würde.

„Weil er zu viel trinkt, hat er vor kurzem seinen Job verloren. Ihm ist alles über den Kopf gewachsen. Mein armer Bernd. Er hat angefangen zu trinken, als er erfahren hat, dass unser Sohn schwul ist. Dabei ist Thorsten doch gerade dabei sich heilen zu lassen. Hoffentlich kann der Arzt ihm helfen. Ich brauche ihn doch jetzt. Ich bin nun ganz allein, und dann ist das einzige Kind auf die schiefe Bahn geraten." Ich kann mich gerade noch beherrschen und lasse mir meine Wut über ihre Ignoranz nicht anmerken.

„Wieso? Nimmt er Drogen? Ist er arbeitslos?", frage ich schnippisch, um auf ihre Aussage mit der schiefen Bahn anzuspielen. Das bedeutet für mich auf die schiefe Bahn zu geraten, nicht Homosexualität. Die ist nämlich was Angeborenes und kein Verbrechen.

„Nein, nein. Er hat studiert und arbeitet als Abteilungsleiter in einer Softwarefirma. Aber jetzt, da er schwul ist, wird er doch alles verlieren und sich nicht um seine alte Mutter kümmern, weil er ständig mit Männern beschäftigt ist", schimpft Hildegard weiter und schüttelt heftig den Kopf. Ich sehe schon, eine Diskussion mit dieser uneinsichtigen Dame ist nutzlos und führt zu nichts. Selbst die besten Argumente würden an ihr abprallen. Dass ich selbst ebenfalls homosexuell, gebildet und erfolgreich im Beruf bin, verschweige ich ihr lieber, um ihr Weltbild nicht gänzlich zu zerstören.

Glücklicherweise kommen wir in meinem Stockwerk an und ich kann aussteigen. Ohne mich zu verabschieden lasse ich die Witwe in ihrem Elend zurück. Hoffentlich kommt sie irgendwann zur Vernunft und gibt ihrem Sohn die Chance für sie da zu sein.

Innerlich knurrend öffne ich meine Wohnungstür und gehe hinein. Ich verspüre große Lust mir einen Porno einzuschalten mit heißen Männern, die sich gegenseitig besteigen, um mir dabei mehrfach einen runterholen. Hildegard würde davon zwar nie erfahren, doch das Gefühl ihr auf diese Weise eins auszuwischen ist Befriedigung genug.

Trotz der Versuchung halte ich mich zurück, sogar als ich unter die Dusche steige und mein bestes Stück in der Hand halte. Ich genieße die Entspannung nach einem harten Arbeitstag, vergesse jedoch nicht die Zeit, da ich dringend noch einkaufen gehen muss. Es ist Montag und meinen Vorrat an Essbarem habe ich über das Wochenende aufgebraucht.

Nach der erquickenden Dusche style ich meine relativ kurzen Haare, die zu beiden Seiten kurz rasiert und nur oben etwas länger sind. Den breiten Streifen in der Mitte des Kopfes kämme ich nach vorne und stelle die Haare etwas auf. In Millimeterarbeit trimme ich anschließend meinen Dreitagebart, der schon immer ein Tick dunkler war als meine dunkelblonden Haare. Ich bin zufrieden mit meinem Aussehen.

Bekleidet mit einer schwarzen Jeans und einem enganliegenden dunkelblauen T-Shirt, das meinen trainierten Oberkörper perfekt in Szene setzt, schnappe ich mir meinen Rucksack und verlasse die Wohnung, um in den Supermarkt zu gehen. Irgendwie gelüstet es mir heute nach einer selbstgemachten Lasagne. Mein Leibgericht, das ich über die Jahre als Hobbykoch für mich perfektioniert habe.

Mir läuft bereits das Wasser im Mund zusammen, während ich, auf dem Weg zum Aufzug, die Einkaufsliste studiere. Als sich die Tür öffnet steige ich ein, ohne aufzusehen und renne in eine Person, die schon drinnen steht. Beschämt schaue ich auf und entschuldige mich. Wie ich so in das Gesicht des Mannes, den ich gerade fast umgerempelt habe schaue, sammelt sich erneut der Speichel in meinem Mund, diesmal allerdings aus anderen Gründen.

Der Mann sieht einfach umwerfend aus. Ungefähr mein Alter und meine Größe. Die tiefblauen Augen, umrandet von vollen Wimpern und Augenbrauen, starren traurig vor sich hin und bilden einen wundervollen Kontrast zu der eher dunkleren Hautfarbe. Er ist nicht braungebrannt, einfach nur generell vom Hauttyp her etwas dunkler als ich. Komischerweise hat er keine hellen Haare, wie es bei blauen Augen oft üblich ist. Sie sind fast schwarz und perfekt zu einer Bedhead-Frisur gestylt, die ihm bis über die Ohren reicht.

Die schmalen Lippen sind fast komplett von einem professionell gestutzten Vollbart verdeckt. Da stehe ich drauf, wenn beim Küssen die Haare meine Wangen kitzeln. Alles in allem genau mein Typ mit der breiten Statur. So männlich wie ich meine Kerle mag. Nur leider macht dieser hier keinen sonderlich interessierten Eindruck, sondern wirkt eher traurig und vor allem nervös, wie er seine Hände knetet und den Blick wahllos durch den Aufzug streifen lässt.

„Alles in Ordnung? Sie machen einen ziemlich nervösen Eindruck", frage ich, nachdem ich einen Schritt zur Seite gemacht habe, um ihm nicht zu sehr auf die Pelle zu rücken. Die Tür schließt sich und wir fahren los. Eigentlich geht es mich nichts an, aber dieser Trauerkloß tut mir leid und ich würde gerne helfen, falls ich kann. Zu meiner Verwunderung geht er sofort auf meine Anmerkung ein und erzählt mir ohne Scheu, was vorgefallen ist.

„Ach, mein Vater hat sich umgebracht und meine Mutter hofft, dass ich zur Vernunft komme und mir eine Frau suche, damit sie endlich Enkelkinder bekommt. Ich war gerade bei ihr, um ihr beizustehen, aber sie hat mich rausgeschmissen, weil ich noch nicht vollständig geheilt bin von meiner Homosexualität." Mir fällt es wie Schuppen von den Augen. Auf einmal weiß ich ganz genau, wen ich hier vor mir habe. So sieht also ein gebrochener Mann aus, der von seinen Eltern geächtet und von einem Wunderheiler in die Mangel genommen wird.

„Thorsten?!", gebe ich meine Vermutung zu erkennen, habe ich doch vor kurzem erst mit seiner Mutter Hildegard ein aufschlussreiches Gespräch im gleichen Aufzug geführt. Sie hätte ruhig erwähnen können, dass ihr Sohn so verdammt gutaussehend ist.

„Ja, woher wissen Sie das?", fragt er erstaunt und starrt mich aus seinen großen blauen Augen ungläubig an. Klar, es kommt nicht jeden Tag vor, dass man von fremden mit Namen angesprochen wird. Ich sollte ihn wohl besser aufklären, nachdem ich mich vorgestellt habe.

„Sven, freut mich dich kennen zu lernen. Wir sind doch ungefähr im selben Alter, da können wir uns doch duzen oder?", schlage ich lächelnd vor und versuche ihm ein bisschen von seiner Last durch Freundlichkeit abzunehmen.

„Gerne, aber woher kennst du denn nun meinen Namen?", möchte er unbedingt wissen, was ich ihm nicht verübeln kann. Mir bleibt nichts Anderes übrig, als ihm von der Begegnung mit seiner Mutter zu erzählen, die mich völlig entsetzt zurückgelassen hat.

„Ich habe deine Mutter nach der Katastrophe mit deinem Vater im Aufzug getroffen und ihr mein Beileid ausgedrückt. Sie hat mir erzählt, dass du schwul bist und dich im Moment heilen lässt. Aber unter uns, lass das bloß bleiben. Davon bekommst du doch nur einen Schaden. Wenn deine Mutter das nicht akzeptieren kann, muss sie halt alleine klarkommen. Du kannst doch nicht dein Leben lang deine Sexualität verleugnen und auf Glück verzichten, damit sie zufrieden ist, oder?“

Bei meinen deutlichen Worten bricht er plötzlich in Tränen aus. Sein herzzerreißendes Schluchzen tut mir in der Seele weh und ich bin versucht ihn einfach in den Arm zu nehmen, als der Aufzug plötzlich stehen bleibt und das Licht ausgeht. Nur die schwache Notbeleuchtung bringt sorgt dafür, dass wir nicht komplett im Dunkeln stehen.

„Scheiße, das darf doch nicht wahr sein“, flucht Thorsten offensichtlich in eine leichte Panik ausbrechend. Ich jedoch denke, dass es Schicksal ist und wir uns dadurch noch länger unterhalten können. Die bescheuerte Idee mit dem Schwulenheiler möchte ich ihm unbedingt austreiben, um seiner selbst willen. Zugegeben denke ich dabei auch ein kleines bisschen an mich, denn dieser Kerl gefällt mir.

„Ganz ruhig. Es geht bestimmt gleich weiter. Am besten versuchen wir über den Alarmknopf jemanden zu erreichen", beruhige ich ihn und drücke für fünf Sekunden den gelben Knopf mit der großen Glocke. Es rauscht, doch kurze Zeit später ertönt die Stimme eines Helfers am anderen Ende. Er klärt uns freundliche auf, dass ein Techniker vorbeikommen wird und wir uns auf ungefähr eine Stunde Wartezeit einstellen müssen. Damit kann ich leben. Thorsten weniger, der spielt nervös mit seinen Fingern und tritt von einem Fuß auf den anderen.

„Also erzähl doch mal, wie das mit diesem Heiler abläuft und ob du dich schon mehr zu Frauen hingezogen fühlst?", versuche ich ihn abzulenken. Es funktioniert. Er entspannt sich ein wenig und schließt für einen kurzen Moment die Augen, bevor er mir antwortet.

„Um ehrlich zu sein merke ich nicht viel von der Heilung. Ich rede mir das mehr ein, als dass ich tatsächlich plötzlich auf Frauen stehe. Der Arzt sagt, dass es noch ein paar Sitzungen dauern wird." Er seufzt tief und ich kann seine Verzweiflung deutlich spüren.

„Dir ist schon klar, dass das totaler Schwachsinn ist, oder? Du bist nicht krank, genauso wenig wie ich. Wir sind ganz normal, stehen nur eben auf Männer. Und mit wem du intim wirst oder mit wem du eine glückliche Beziehung führst, kann anderen doch egal sein. Das ändert dich als Menschen überhaupt nicht. So sehe ich das. Und ich finde es mies, dass es solche Heiler überhaupt geben darf. Danach ist man krank, nicht vorher", schimpfe ich auf diese dämliche Art einer homosexuellen Person den Glauben an die Menschheit zu nehmen.

„Wie, du bist auch schwul?" Sehe ich da etwa ein sehnsüchtiges Flackern in seinen Augen? Oder bilde ich mir das nur ein, weil ich es gerne sehen würde? Gedankenverloren lecke ich mir über die Lippen. Wie gerne würde ich von seinen kosten und ihn ganz nah an mich heranziehen.

„Ja, aber auch wenn ich es nicht wäre, würde ich von solchen Heilungen nichts halten", fange ich mich wieder. Zugegeben habe ich mich bisher mit diesem Thema noch nicht beschäftigt. Ich weiß lediglich, dass es solche Freaks gibt, die anderen das Leben zur Hölle machen.

„Aber ich habe schon meinen Vater deswegen verloren. Ich will meine Mutter nicht auch noch enttäuschen." Plötzlich bricht der gestandene Mann vor meinen Augen in Tränen aus. Sein Schluchzen bricht mir das Herz und Wut steigt in mir auf.

„Du enttäuschst niemanden. Es ist anders herum, sie enttäuschen dich!", zische ich. Sein sehnsüchtiger Blick ruht auf meinem Gesicht und ich kann nicht anders, als an ihn heran zu treten und ihm fürsorglich einige Tränen von den Wangen zu wischen.

Keine Frage, seine Augen verraten, dass er mich genauso anziehend findet wie ich ihn. Außerdem müssen wir eine Stunde rumkriegen. Vielleicht kann ich ihn ja heilen, allerdings in die andere Richtung. In die gesunde Richtung mit einem stabilen Selbstwertgefühl und der Annahme seiner wahren Persönlichkeit, die nun mal homosexuell ist.

Langsam nähere ich mich seinem Gesicht mit meinem und schaue ihm ein letztes Mal prüfend in die wunderschönen Augen, bevor ich ihn in einen unschuldigen Kuss ziehe. Er weicht nicht zurück, was in diesem kleinen Raum sowieso kaum möglich wäre. Vielleicht ist auch einfach nur zu Eis erstarrt und kämpft gerade innerlich mit dem Druck, sich nicht einem anderen Mann hinzugeben. Mir ist es egal, ich will ihn und zwar jetzt sofort.

Scheu liegen seine Lippen unbeweglich auf meinem Mund und ich kann seine Unsicherheit spüren. Bin ich etwa sein erster Mann? Oder hat ihn dieser anstandslose Heiler so durcheinandergebracht, dass er nun wirklich denkt, er täte hier etwas Abartiges? Ich behalte die Fragen für mich und beginne meine Lippen sanft gegen seine zu bewegen. Als er zittrig die Lippen einen kleinen Spalt öffnet nutze ich die Gunst der Stunde, meine Zunge in seine Mundhöhle zu schieben und genüsslich die seine zu umkreisen.

Endlich kommt Bewegung in Thorsten. Behutsam legt er seine Hände an meine Hüften und erwidert zaghaft den innigen Kuss. Ich kann das Salz seiner Tränen, die mittlerweile versiegt und getrocknet sind, schmecken. Ohne zu viel Druck auszuüben, ziehe ich ihn näher an mich heran und streiche ihm besänftigend über den Rücken. Langsam entspannt er sich unter meinen Berührungen.

Sein Widerstand bröckelt unaufhaltsam je länger wir uns küssen, also gehe ich einen Schritt weiter und schiebe ihn ein kleines Stück von mir weg. Mit einem Finger ziehe ich zärtlich eine Linie von seiner Brust bis hinunter zu seinem Schritt, um die Hand anschließend auf die leichte Beule in seiner Hose zu legen und diese kaum merklich zu massieren.

Ein leises Keuchen, erstickt von meinem Mund, kommt ihm über die Lippen. Spontan drückt er seinen Schritt gegen meine Hand, um mehr Druck zu spüren. Ermutigt durch seine Reaktion gewähre ich ihm dieses Begehren und suche mit dem Daumen nach der Spitze seiner Länge. Deutlich kräftiger kreise ich durch den Stoff hindurch um seine Eichel und drücke mit der Handfläche fest gegen den Schaft. Dieses Spiel treibe ich so lange, bis er komplett hart ist.

In meiner eigenen Hose wird es ebenfalls merklich enger. Ich will unbedingt mehr und hoffe, er ist bereit mir das, was ich will, zu geben. Entschlossen löse ich mich aus diesem heißen Kuss und dränge ihn gegen die Rückwand des Fahrstuhls. Ein kurzer fragender Blick in seine tiefblauen Augen, während meine Finger auf dem Knopf seiner Jeans ruhen, und ich bekomme die Erlaubnis, weiterzumachen.

Knopf und Reißverschluss öffne ich mit nur einem Handgriff, dann schiebe ich ihm die Hose bis zu den Knöcheln hinunter. Ich folge ich, bis ich auf Augenhöhe mit seinem Schwanz bin, dessen Spitze aus der Boxershorts bereits herausragt und nach Aufmerksamkeit verlangt. Feucht schimmern einige Lusttropfen auf ihr, die ich gierig aus der kleinen Spalte lecke. Ein zufriedenes Brummen ist Thorstens Antwort darauf.

Genüsslich knabbere ich an seiner ausgeprägten Länge durch den Stoff der Boxershorts hindurch und entlocke ihm immer mehr lustvolle Laute. Ungeduldig befreie ich das Glied aus dem Stoff und betrachte die Größe und Perfektion einige Sekunden lang. Ich stelle mir vor, wie sich dieser gerade geformte Penis in mein Rektum schiebt und mich um den Verstand vögelt, bevor ich ihn genießerisch in meinen Mund aufnehme.

Thorsten versucht in meinen Rachen zu stoßen, was ich jedoch zu verhindern weiß. Schließlich will ich nicht ersticken oder würgen. Eine
Hand fest gegen seine Hüfte gedrückt, um sie
bewegungsunfähig zu machen, knete ich mit der
anderen die prall gefüllten Hoden. Währenddessen bewegt sich mein Kopf immer schneller auf
und ab.

Mit einem lauten Plopp entwischt mir die
Länge aus dem Mund, als ich den Blick hebe und
in die lustverschleierten Augen dieses heißen
Mannes blicke. Ich lecke ein letztes Mal über die
volle Länge des Schafts und sauge die erneut ge-
bildeten Lusttropfen aus der Spitze. Schweren
Herzens lasse ich von diesem Prachtstück ab und
stehe wieder auf. In einem gierigen Kuss lasse
ich Thorsten sich selbst schmecken.

„Jetzt muss ich doch fragen. Ich bin hoffentlich nicht dein erster Mann, oder?", frage ich vor-
sichtshalber, nachdem ich mich wieder von ihm
gelöst habe. Besitzergreifend packt er mich am
Arsch und presst unsere Unterleibe gegeneinander. Mir entfährt ein aufreizendes Stöhnen, während ich meine Länge willig an seiner reibe.

„Nein, keine Sorge. Nur der erste seit meiner
angeblichen Heilung durch diesen Quacksalber",
lacht Thorsten und ich kann die Belustigung in
seinen Augen erkennen. Glück gehabt, denn ein
One-Night-Stand im Aufzug wäre nicht unbe-

dingt der optimale Einstieg in die Sexualität zwischen Männern.

„Hat ja anscheinend wunderbar funktioniert", feixe ich. Seine Hoffnung auf Heilung scheint er gänzlich überwunden zu haben, so aufreizend wie er sich an mir reibt und leise vor sich hin keucht. Und schon verliere ich die Oberhand, als Thorsten mich herumdreht und mit dem Oberkörper leicht nach vorne gebeugt gegen die Wand drückt.

„Hätte ich dich nicht hier getroffen, wäre ich wahrscheinlich weiter hingegangen und hätte versucht mich für Frauen zu interessieren. Aber es geht einfach nichts über einen anständigen Schwanz und ein enges Arschloch." Zur Veranschaulichung greift er nach vorne und umschließt mein Glied mit einer Hand. Gleichzeitig schiebt er mir einen Finger in den Hintern und stößt unnachgiebig, und vor allem zielsicher, gegen meine Prostata. Das macht mich verrückt. Ich will ihn einfach nur noch in mir spüren.

Egal, ob es aussieht, als würde ich es dringend brauchen, ich kann nicht anders, als mich dem Finger entgegen zu bewegen, um ihn tiefer in mir zu spüren. Thorsten versteht sofort und nimmt noch einen zweiten Finger hinzu. Die Dehnung bringt mich um den Verstand. Er versteht sein Handwerk wirklich und schon bald bin ich bereit mehr als nur Finger in mir aufzunehmen.

Insgeheim habe ich gehofft, er würde mich ficken und nicht umgekehrt. Umso erfreuter bin ich über seine Ergreifung der Initiative. Diesen prächtigen Schwanz in mir zu spüren wird der absolute Wahnsinn sein.

„Der Aufzug wird nicht ewig hier fest stecken", deute ich stöhnend an, während ich meinen Hintern ein weiteres Mal fest gegen seine Finger drücke, die kurz darauf aus mir herausgleiten. Ich beuge mich weiter nach unten und ziehe ein Kondom, sowie ein Tütchen Gleitmittel, aus meiner Hosentasche, was ich ihm nach hinten reiche. Das Rascheln des Tütchens zeigt mir, dass er meine Andeutung verstanden hat.

Fest an meinen Eingang gepresst wandert sein Schwanz durch meine Spalte auf und ab, bevor er vorsichtig meinen Muskelring durchdringt. Mit jedem sanften Stoß arbeitet er sich ein Stück weiter in mein Innerstes, bis ich plötzlich Thorstens Hoden an meinen Pobacken fühle. Er ist bis zum Anschlag in mir versunken und gibt mir kurz Zeit mich an das Gefühl zu gewöhnen.

Erst als ich mich leicht nach hinten bewege fängt er an in mich zu stoßen und jedes Mal zielgenau meine Prostata zu streifen. Ich kann mich nicht länger zurückhalten und fange an ziemlich laut zu stöhnen. Angespornt von diesen Lauten der Lust zieht Thorsten seinen Schwanz aus meinem Hintern zurück, um mit voller Wucht in mich zu stoßen.

Ich halte mich mit einer Hand an der Stange vor der Aufzugwand fest, mit der anderen lange ich nach hinten und packe ihn am Oberschenkel. Auf diese Weise verleihe ich seinen Stößen eine noch größere Wucht, in dem ich im Takt nachhelfe und ihn fest in mich presse.

„Mhh, es ist so schön warm in dir", knurrt Thorsten. Seine Hände ruhen auf meinen Schultern für besseren Halt. Mir fehlt der Atem für eine Antwort, also halte ich die Klappe und genieße. Plötzlich rauscht es hinter uns und eine Stimme dringt an mein Ohr, die eindeutig nicht meinem derzeitigen Liebhaber gehört.

„Hallo? Hallo, können Sie mich hören? Der Techniker ist jetzt vor Ort und wird den Fahrstuhl wieder in Gang setzen", informiert und der freundliche Helfer, den ich in diesem Moment einfach nur verfluche.

„Scheiße, ich bin so kurz davor zu kommen, das darf doch jetzt nicht wahr sein", fluche ich laut und ignoriere das entsetzte ´Hä? ´ am anderen Ende der Sprechanlage. Doch Thorsten denkt gar nicht daran aufzuhören, sondern stößt ohne Unterlass in meinen willigen Körper, während er mit einer Hand nach vorne an meine Länge greift. Den Mann an der Sprechanlage völlig ignorierend bringt er uns beinahe zeitgleich zum Höhepunkt. Stöhnend spritze ich meinen Samen an die glänzende Fahrstuhlwand, als Thorsten sich ein letztes Mal tief in mir versenkt und ebenfalls keuchend zum Orgasmus kommt.

Keine Sekunde zu früh gleitet er aus mir heraus und streift sich das Kondom vom Schwanz, als das reguläre Licht wieder angeht und der Aufzug sich ruckartig in Bewegung setzt. Schnell ziehe ich Boxershorts und Hose hoch. Für die Reinigung der Fahrstuhlwand bleibt jedoch keine Zeit. Der Aufzug hält im Erdgeschoss und die Tür geht auf.

Wir müssen ein ziemlich eindeutiges Bild abgeben, wie wir verschwitzt und hochrot in den Gesichtern aus dem Aufzug hetzen, vorbei an besagtem Techniker, der uns zweifelnd mustert. Ohne ihn eines Blickes zu würdigen stürmen wir aus dem Haus hinaus ins Freie und bekommen beide einen Lachanfall.

„Hast du sein Gesicht gesehen?", pruste ich los und Thorsten nickt.

„Ich würde ja zu gerne sein Gesicht sehen, wenn er die Spuren deines Spermas im Aufzug sieht", ergänzt mein heißer Liebhaber lachend. Hastig entfernen wir uns vom Haus, damit uns der Techniker nicht finden und uns ausschimpfen kann. Ich wollte sowieso einkaufen gehen.

„Sehen wir uns wieder?", frage ich meine Aufzugbekanntschaft grinsend. Unser Lachen verebbt allmählich, nur leises Kichern bleibt zurück, wie zwei Schuljungen, die etwas Unartiges angestellt haben und vor dem Lehrer Reißaus nehmen. Zwei Hochhäuser weiter bleiben wir letztendlich stehen, um uns voneinander zu verabschieden und wieder zu Atem zu kommen. Thorsten nickt glücklich.

„Gut, dann gebe ich dir mal meine Nummer. Melde dich doch einfach, wenn du Lust auf einen Kaffee hast." Ich krame einen Schmierzettel aus dem Rucksack und schreibe meine Nummer samt Namen auf. Als ich ihm diesen in die Hand drücke, hauche ich ihm zum Abschied noch einen letzten Kuss auf die Lippen.

„Danke...danke für alles!", murmelt Thorsten. Er erwidert meinen Kuss leidenschaftlich, als ob ihm das Techtelmechtel im Aufzug nicht ausgereicht hätte. Vielleicht legt er aber auch nur seine gesamten Emotionen, die er in den letzten Jahren dank seiner uneinsichtigen Eltern ertragen musste, in diesen einen Kuss.

„Keine Ursache. Und mach keinen Blödsinn! Halte dich von diesem Heiler fern und lebe dein Leben! Es wäre schade, wenn du der Schwulengemeinschaft vorenthalten wirst, so gut wie du ficken kannst", zwinkere ich ihm im Gehen zu.

Thorsten schüttelt lachend den Kopf, freut sich jedoch sichtlich über das Kompliment.

„Und falls du doch wieder hingehen solltest, nimm mich wenigstens mit, damit ich ihm die Leviten lesen kann!" Mit diesen Worten drehe ich mich endgültig um und gehe Richtung Supermarkt. Ich kann es kaum erwarten von ihm zu hören. Er ist mir wirklich sympathisch und wer weiß, vielleicht könnte sich auf dieser schnellen Nummer ja sogar etwas Ernstes entwickeln.

Nach meiner gelungenen Lasagne schalte ich den Laptop ein und surfe aus Langeweile und Interesse im Internet. Dabei führe ich mir diverse Seiten zu Gemüte, die damit werben, Homosexualität heilen zu können. Meist rufen die Einträge nur ein gelangweiltes Stirnrunzeln bei mir hervor. Ab und an ist aber auch der ein oder andere Lacher mit dabei.

Eine sehr fragwürdige Aussage, in der es darum geht, dass ein nicht zu heilender Homosexueller von Hitler und dem Teufel besessen ist, muss ich tatsächlich zweimal lesen. Sie wird jedoch auch beim zweiten Mal nicht besser. Was zur Hölle hat bitte Hitler mit Homosexualität zu tun? Ich finde es anmaßend ihm eine so große Macht über unser Denken und Handeln einzuräumen.

Der Teufel, von mir aus, aber Hitler? Der kann gerne in der Versenkung bleiben und soll sich bloß nicht einbilden, er hätte die Menschheit im Griff. Dieser Mann hat es nicht auf ewig geschafft unsere Gesellschaft zu vergiften. Genau genommen war er nur ein Bruchteil einer Sekunde über die Menschen erhaben, gemessen an den vielen Jahren, in denen wir nun schon existieren. Und das hat gereicht! Ich kenne zumindest, glücklicherweise, keinen Schwulen, der viel auf Hitler hält und so soll es bitte auch bleiben.

Interessant ist auch ein Sieben-Wege-Plan, der zunächst auf Gott den Schöpfer verweist, dem wir uns zuwenden sollen. Er und sein Stellvertreter auf Erden, ich nehme an es handelt sich dabei um Jesus, sollen als Mittel gegen Homosexualität die Kondome erfunden haben. Diese verhinderten die Reproduktion homosexueller Paare. Sehr dürftige Theorie. Da hat wohl jemand im Biologieunterricht nicht aufgepasst.

Pardon, jemand der die Evolutionstheorie verteufelt, hat selbstverständlich kein Interesse an wissenschaftlich fundiertem Aufklärungsunterricht. Vielleicht bitte ich meinen nächsten Sexualpartner darum, ein Kondom zu verwenden, was wir sowieso tun. Nur diesmal nicht wegen übertragbarer Krankheiten, sondern um durch den Koitus keine Kinder zu zeugen, die am Ende genauso schwul sind wie wir. Der lässt mich doch sofort einweisen.

Okay, ich gebe es zu, der Autor dieses Artikels hat Humor bewiesen und versucht, anderen aufzuzeigen, wie hirnrissig manche Gedanken in Bezug auf Homoheilung sind. Doch so oder so ähnlich stelle ich mir die Vorgehensweise radikaler Christen vor, die uns umpolen wollen in diesen Konversionstherapien. Gott spielt immer die Hauptrolle. Glaube kann Berge versetzen, in diesem Fall Sexualität.

Ob es nun Bestimmung oder Unsinn ist, werde ich selbstverständlich auf eine Anzeige eines selbsternannten Homoheilers in meiner Stadt aufmerksam. Die gibt es scheinbar überall. Bevor ich mich versehe habe ich online einen Termin gebucht. Einen Termin zur allheilenden Therapie, wie dieser Mann die Sitzung nennt. Ich glaube es kaum, dass ich mir tatsächlich nach so vielen Jahren ein eigenes Bild darüber schaffen möchte. Gleich am kommenden Mittwoch soll es losgehen um siebzehn Uhr, direkt nach der Arbeit.

Die zwei Tage verbringe ich mit ständigem aufs Handy starren. Meine Hoffnung, Thorsten würde sich zeitnah bei mir melden schwindet mit jeder Stunde, in der mein Telefon still bleibt, dahin. Besser ist es sowieso er erfährt nichts von meinem Termin beim Homoheiler. Nicht, dass er noch auf dumme Gedanken kommt und der Therapie selbst noch eine Chance gibt. Ein wenig nagt es jedoch an meinem Ego, dass er sich nicht meldet.

Es ist Mittwoch - Tag der Therapie für mich. Mit der Bahn fahre ich ins Industriegebiet, wo der Quacksalber namens Herr Wehrer seine sogenannte Praxis hat. In Wirklichkeit handelt es sich um seine kleine Zweizimmerwohnung, von der er ein Zimmer als Behandlungsraum nutzt. Er hat nur wenige Patienten. Zumindest nehme ich das an. Zu spezialisiert würde ich sagen, obwohl er auch noch ein paar weitere Behandlungen anbietet, die jedoch genauso fragwürdig zu beurteilen sind, wie das Hauptaugenmerk des selbsternannten Arztes.

Empfohlen wurde die Praxis im Internet vom Anführer einer Gruppe Gläubiger, auf die ich über die Anzeige gestoßen bin. Aktive Christen einer kleinen Gemeinde, in der derjenige, der diese Seite betreibt wohl der Chef ist. Sozusagen der Oberchrist. Böse Zungen behaupten, es handele sich um eine Sekte. Na gut, ich gebe es zu, die böse Zunge habe ich.

Mit Kirche im weitesten Sinne hat dieser christliche Ableger zumindest nichts gemeinsam, obwohl die Texte der Bibel anscheinend auch bei dieser Gemeinde eine große Rolle spielen. Ihre

Parolen erinnern mich an einen früheren Kollegen, von dem ich mir jeden Tag mindestens zwei Bibelzitate anhören durfte. Er hatte immer die passenden Bibelzeilen für jede Situation parat. Mein pragmatisches „Nun gehet hin und nervet nicht" ist er stets geflissentlich übergangen. Schade eigentlich.

Eine kritikresistente Gemeinde übergläubiger Narren, die jeden bekehren und um sein Geld bringen wollen. Möchte man nämlich beitreten, muss man erst einmal tief in die Tasche greifen und den Klingelbeutel füllen. So stand es auf der Website. Natürlich deutlich hübscher umschrieben. Aber eine Gemeinde, der man über ein Internetformular beitreten kann und den Beitrag per Paypal entrichten soll? Da erscheint mir eine gute Portion Skepsis angebracht.

Ich schweife ab. Zurück zu meiner Therapie, die eigentlich gar keine ist. Geworben wird mit absoluter Heilung. Ich habe jedoch vor „krank" zu bleiben und gedenke nichts an meiner sexuellen Vorliebe für Männer zu ändern.

Ein banales Praxisschild, versteckt am Hintereingang des Gebäudes, weist mir den Weg zu Herrn Wehrer, der mich freudestrahlend an der Tür empfängt. Nach der herzlichen Begrüßung, die nur von seiner Seite aus so herzlich ist, betrete ich die nach Räucherstäbchen stinkende Wohnung. Die abgedunkelten Fenster lassen kein

Sonnenlicht herein. Nur diverse andersfarbige Lampen werfen ihr buntes Licht in den Raum. Eine sehr esoterische Atmosphäre, die mir von Anfang an nicht behagt.

Ich darf direkt ins Nebenzimmer, den Behandlungsraum, und auf einer orangefarbenen Liege, die ich liebevoll das Psychosofa nenne, Platz nehmen. Ausgestattet wie ein Psychoanalytiker, macht das Zimmer für den wertfreien Betrachter wirklich was her. Doch ich durchschaue die Tarnung sofort, bin ich doch bereits mit Vorurteilen eingetreten.

„So, Herr Airich. Es freut mich sehr, dass Sie den Weg zu mir gefunden haben. Ich werde Ihnen zu Beginn die Hand auflegen. Sie müssten schon kurz darauf eine Besserung verspüren", sagt Herr Wehrer und legt seine verschwitzte Hand auf meine Stirn. Dank seiner Internetpräsenz weiß ich schon wofür das gut sein soll. Er will meine Aura aufnehmen und dadurch eine Genesung herbeiführen. Um die nötige Ernsthaftigkeit zu bewahren, verkneife ich mir ein Lachen und gebe mich ganz seinen heilenden Händen hin.

„Sehr gut. Und wie fühlen Sie sich jetzt? Denken Sie bitte an Frauen und führen Sie sich deren hübschen Körperbau vor Augen." In mir grummelt es. Ich bin kurz davor zu Platzen und in schallendes Gelächter auszubrechen. Doch Herr

Wehrer meint die Frage ernst und da ich ihn noch nicht verprellen will, halte ich mich zurück. Meine Gedanken schweifen zu Thorsten und ich stelle mir seinen nackten Körper vor, wie er verschwitzt auf mir liegt und sich aufreizend an mir reibt.

„Hm. Ich habe mir gerade einige Frauen vorgestellt, die ich im Supermarkt hin und wieder treffe. Aber ganz ehrlich, ihre Partner sind tausendmal attraktiver", verkünde ich mit ernster Miene. Die Hand verschwindet von meiner Stirn und ein resigniertes Seufzen liegt in der Luft. Enttäuschung pur bei meinem Quacksalber, der damit wirbt, Homosexualität heilen zu können. Durch bloßes Handauflegen versteht sich.

Die Energie, die über seine Finger in den Kranken fließt, heilt seiner Meinung nach von der sexuellen Begierde dem gleichen Geschlecht gegenüber. Gepaart mit eigens für diese Art der Therapie entwickelte Übungen, die ich neben der Heilung durch die magische Hand zuhause durchführen soll. Diese Methode sei bereits in großem Rahmen getestet worden, lautet Herrn Wehrers Versprechung in der Anzeige.

Stolze zweihundert Euro kostet jede einzelne Sitzung. Da kommt in ein paar Monaten wöchentlicher Behandlung ein schönes Sümmchen zusammen. Gerne zahle ich den überhöhten

Preis, nur um den selbsternannten Heiler am Ende Lügen zu strafen.

„Haha, sehen Sie, bin immer noch schwul. Sie haben gar keine magischen Hände", werde ich spätestens in der nächsten Sitzung groß tönen. Denn für mehr ist mir mein Geld dann doch zu schade, Spaß hin oder her. Ich habe zwar Erspartes, das aus einem kleinen Erbe meines kürzlich verstorbenen Onkels stammt, der mir noch röchelnd im Krankenbett das Schmoren im Fegefeuer prophezeit hat, wenn ich nicht bald zur Vernunft käme und eine Frau eheliche.

Na der wird sich im Himmel gerade grün und blau ärgern, dass ich sein hart verdientes Geld für die Heilung meiner Homosexualität rausschmeiße, ohne auch nur das geringste Interesse an tatsächlicher Heilung zu haben. Vielleicht ist sogar noch eine Anzeige drinnen, da dieser Quacksalber Gesunden Heilungen anbietet. Was ja leider in Deutschland erlaubt ist.

Zurück zur magischen Hand, die nun gar nicht mehr magisch über mir schwebt, sondern in betender Haltung gefaltet auf dem Schoss von Herrn Wehrer. Lieb, dass er mich in seine Gebete einschließt. Ich mache es ihm gleich, richte jedoch zusätzlich fromm den Blick gen Himmel und spreche ein Gebet, das sich gewaschen hat.

„Lieber Gott, bitte erhöre meine Gebete und schicke mir einen hübschen jungen Mann mit

Knackarsch und ordentlich was in der Hose, der meinem Single-Dasein ein Ende bereitet. Mir Lust und Verlangen bringt, mir täglich seine Liebe gesteht und mit mir alt und grau werden möchte. Mehr verlange ich nicht von dir, oh Herr. Nur einen Mann, den ich lieben und begehren kann. Amen." Mit jedem meiner Worte wird Herrn Wehrers Gesicht röter und ich bekomme Angst, sein Kopf könnte demnächst platzen. Dann springt er plötzlich hektisch auf und schmeißt dabei beinahe eine Vase um, die auf dem Couchtisch steht.

„Raus! Ich lasse mich doch nicht zum Narren halten. Sie wollen überhaupt nicht geheilt werden, also verschwinden Sie aus meiner Praxis und lassen sich hier nie wieder blicken. Meine Methode ist geprüft und mit Abstand die Beste, um Verirrten wie Ihnen eine Perspektive im Leben zu bieten. Aber, wenn Sie weiter sündigen wollen und sich Ihren inneren Dämonen nicht stellen, können Sie wegen mir daran krepieren und in der Hölle schmoren." Grinsend erhebe ich mich vom Sofa, vollkommen zufrieden mit meiner eigenen Methode Quacksalbern wie diesem hier einen Streich zu spielen. Ein Ass im Ärmel habe ich allerdings noch. Umsonst soll diese Tortur nicht gewesen sein.

„Ich gehe sehr gerne. Schade, dass sie die Krankheit Homosexualität nicht wirklich heilen können." Jetzt heißt es abwarten. Gibt er zu, dass er vor hatte eine Krankheit zu heilen und nicht nur eine Störung, kann ich ihn anzeigen. Denn Homosexualität eine Krankheit zu nennen, von der die Betroffenen geheilt werden können, ist rechtlich nicht erlaubt.

„Ich kann sehr wohl die Krankheit Homosexualität heilen. Doch man muss es selbst auch wollen. Sie sündigen einfach zu gern. Sie sind vom Teufel besessen und keiner wird Ihnen auf dieser Basis je helfen können. Sie sind verloren", spielt Herr Wehrer mir augenblicklich in die Hand. Triumphierend zücke ich mein Handy, das die gesamte Sitzung über unser Gespräch schon aufgenommen hat.

„Sie erhalten in den nächsten Tagen Post von meinem Anwalt", sage ich zufrieden, während ich mich aus dem Staub mache. Zurück bleibt ein hochroter, untersetzter Mann mit zu viel Fantasie und fragwürdiger Einstellung zu Leben und Sexualität. Selbst als er mir anbietet mein Geld zurückzugeben, sehe ich nicht von meiner Anzeige ab. Die hat er sich redlich verdient.

Und um diesen ereignisreichen Tag perfekt zu machen, habe ich nach der Sitzung eine Nachricht auf meinem Handy. Sie ist von Thorsten, der fragt, ob wir uns nicht bald wieder treffen könnten. Das Leben kann so schön sein.

Metalhead

Shortstory 3:

Ein neuer Kollege ist immer eine willkommene Abwechslung. Allerdings nur solange er nicht so gnadenlos gutaussehend ist wie Magnus. Für Andrey jedenfalls wird der Tag zur Tortur und er verflucht sich dafür, so eine enge Hose zu tragen.

Nach monatelangem Suchen und zahlreichen Überstunden, damit die Arbeit trotz Unterbesetzung fertig wird, bekommen wir heute endlich einen neuen Kollegen. Beim Vorstellungsgespräch hat es sich leider nicht ergeben, dass auch ich ihn zu Gesicht bekomme, also lerne ich ihn erst jetzt kennen. Meine Kollegen haben da schon einen kleinen Vorsprung und Maria schwärmt schon seit Wochen, wie schnuckelig das Kerlchen mit den hüftlangen Haaren doch aussehen würde.

Vor Neugier fast umkommend warte ich ungeduldig auf sein Erscheinen und male mir im Kopf alle möglichen Szenarien aus. Da ich auf Männer stehe, ist es für mich jedes Mal aufregend, Frischfleisch kennenzulernen. Verwerflich finde ich das nicht, denn jeder Single hält doch Ausschau nach einem potentiellen Partner oder einer Partnerin.

Tief im Innern weiß ich jedoch, dass es aussichtslos ist, sich in einen Kollegen zu verlieben. Bisher ist mir in meiner Laufbahn noch kein einziger Kerl auf Arbeit untergekommen, der meine Vorliebe für Männer teilt. Bleibt also weiterhin nur das Internet, um sich in diesem Dorf, in dem ich lebe, einen Mann zu suchen. Allerdings war ich auch dort die letzten Jahre eher erfolglos. Bis auf ein paar heiße Nächte hat sich nichts ergeben. Noch bin ich jung, noch reicht mir das. Aber auf lange Sicht hin gesehen, bin ich eher der Typ für eine monogame Beziehung.

„Hey, unser neuer Kollege ist da." Maria streckt den Kopf in zur Tür meines kleinen Büros herein und unterbricht mit ihren Worten und einem breiten Grinsen meine lüsternen Gedanken. Sie ist eine der wenigen hier, die von meiner Homosexualität wissen. Ihr kann man einfach nichts verheimlichen. Als ich vor fünf Jahren anfing in dieser Firma zu arbeiten, hat sie mich nach nur zwei Tagen durchschaut und darauf angesprochen.

Sie kennt auch meine Vorlieben was das Aussehen anbelangt und ist sich sicher, dass dieses Exemplar so ziemlich genau meinen Erwartungen entspricht. Das macht die Sache nicht leichter. Doch im Kopf höre ich ihre Stimme, wie sie mir nach dem Vorstellungsgespräch mitgeteilt hat, dass es sich um einen verheirateten Mann mit drei Kindern handelt. Es ist zum Mäuse melken.

Nicht, dass mir der Gedanke, einen heterosexuellen Kerl rumzukriegen, keine Gänsehaut beschert. Das wäre natürlich ein absoluter Traum. Doch die Realität sieht dahingehend eher nüchtern aus. Umpolen funktioniert nur, wenn der Kerl von Anfang an nie ganz dem gleichen Geschlecht abgeneigt ist und sich nur ziert, seine Fantasien auszuleben.

Da steht er plötzlich vor mir, mein neuer Kollege und streckt mir freundlich die Hand entgegen. Völlig in Gedanken, ergreife ich sie, am restlichen Körper völlig erstarrt. Wie eine mechanische Statue, die vorübergehenden Menschen die Hand schüttelt, um kurz darauf wieder wie versteinert an Ort und Stelle zu verharren. Meine Augen saugen währenddessen jedes noch so kleine Detail auf.

Die hellbraunen Haare zu einem lockeren Pferdeschwanz gebunden, reichen sie ihm bis fast an den Hintern. Zwei beeindruckend grüne Augen funkeln mich ausdrucksstark an. An Selbstbewusstsein scheint es ihm nicht zu mangeln. Sein ebenmäßiges, recht blasses Gesicht, ziert ein ebenso hellbrauner Bart, der in einen geflochtenen Zopf am Kinn übergeht und nach einigen Zentimetern durch eine schwarze Kugel in Form gehalten wird.

Er trägt ein locker anliegendes, schwarzes Band-T-Shirt. Wobei ich den Namen nicht einmal erraten kann. Es handelt sich wahrscheinlich um eine Black- oder Death Metal Band, deren Name nicht sofort ersichtlich sein soll und der in einer so unleserlichen Schriftart auf dem T-Shirt prangt, dass man meinen könnte, sie heißt „Seismograph schlägt aus". Ich habe noch nie verstanden, warum diese Bands das so machen. Vielleicht um im Untergrund bleiben und nur von wahren Metallern erkannt werden zu können.

Ein Freund nannte mich einmal einen kompletten Freak, weil ich dazu im Stande bin, alle Arten von Metal zu unterscheiden. Dazu gehört allerdings nicht, die Bandnamen auf Anhieb lesen zu können. Wäre dies der Fall, würde ich wahrscheinlich nicht mehr nur als Freak, sondern als weitaus schlimmeres bezeichnet werden.

Zurück zu diesem Adonis der Extraklasse. Mittlerweile halte ich seine Hand ein bisschen zu lange in meiner, seinem amüsierten Blick nach zu urteilen. Schlagartig lasse ich diese große, kräftige Hand los. Nur einmal die Finger in diesen traumhaften Haaren vergraben, seinen Mund küssen und die Barthaare an der Wange kitzeln spüren. Mich an ihn drängen, an ihm reiben und seine Länge gegen meine pochen zu fühlen. Das wäre mein absoluter Traum.

Maria hat nicht zu viel versprochen, als sie sagte, dieser Mann wäre der Traum aller Frauen und Männer. Ich versuche angestrengt die Fassung zu wahren. Gar nicht so einfach. Sein breites Grinsen verrät, dass er mein Starren und Staunen bemerkt hat. Doch ich lasse mir nichts anmerken und begrüße ihn letztendlich freundlich.

„Hi, ich bin Andrey, freut mich dich kennenzulernen. Willkommen in unserem Chaos." Ich
lache ein wenig zu laut und merke schon, dass
meine Tollpatschigkeit, die ich gerne mal an den
Tag lege, wenn ich von Leuten umgeben bin, die
mir gefallen, überhandnimmt.

„Freut mich. Ich bin schon gespannt, was
mich hier erwartet", antwortet mein neuer Kollege, der übrigens Magnus heißt laut Bewer-
bungsunterlagen, souverän. Ihm ist keinerlei
Unsicherheit anzumerken, im Gegensatz zu mir.
Innerlich ärgere ich mich über mein peinliches
Verhalten.

„Mir wurde gesagt, dass ich dir heute zuge-
teilt bin zum Anlernen, richtig?", redet er einfach
weiter. Ein überdimensionales Grinsen im Gesicht nicke ich, obwohl ich innerlich vor Freude
und Aufregung am Zittern bin. Den ganzen Tag
darf ich an der Seite dieses Adonis verbringen,
seinen Duft in der Nase spüren, in diese selbst-
bewussten Augen blicken.

Ein Traum, wenngleich auch ein Alptraum,
da ich mir nichts anmerken lassen sollte. Ich will
den Neuen schließlich nicht gleich wieder ver-
graulen, indem ich ihm den lieben langen Tag
eine ausgeprägte Erektion präsentiere. Vielleicht
sollte ich mir vorher auf der Toilette Erleichterung verschaffen. Wie schmutzig wäre das, wenn
ich mir direkt neben dem Büro einen runterhole,

während ich an den neuen Kollegen denke? Verdammt schmutzig, aber auch verdammt heiß.

„Richtig! Dann legen wir mal los. Nimm dir den Stuhl dort, dann zeige ich dir erstmal unser wichtigstes Programm. Ich muss dringend einen Auftrag fertigmachen. Danach kann ich dir gerne die Abteilung und den Rest der Firma zeigen", gebe ich mir Mühe so professionell wie möglich zu wirken. Ich entschließe mich gegen eine Wichs-Session auf der Toilette. Schließlich bin ich doch alt genug meine Erregung unter Kontrolle zu halten. Und zuhause habe ich bessere Möglichkeiten meine Lust zu befriedigen, als hier auf Arbeit.

„Ich wurde beim Vorstellungsgespräch schon herumgeführt. Und Maria hat mich gerade schon den anderen vorgestellt. Wir können also direkt mit der Arbeit loslegen", erklärt mir der Neue lächelnd und ich schmelze innerlich dahin. Um an den Stuhl zu kommen muss er sich umdrehen, was mir die Gelegenheit gibt, seinen Hintern zu betrachten. Und was soll ich sagen? Er ist perfekt in seiner Rundung und definitiv gut durchtrainiert. Ich erwische mich bei dem Gedanken, ihm in die Pobacke zu kneifen, kann mich aber gerade noch zurückhalten.

„Aua!", jammere ich, als Maria, die meinem Blick gefolgt ist, mich kräftig in die Seite boxt. Magnus dreht sich erschrocken herum und blickt zwischen uns hin und her. Meine Kollegin winkt ab, wirft mir jedoch, bevor sie endlich mein Büro verlässt, einen mahnenden Blick zu, der eindeutig besagt, ich solle mich zusammenreißen. Sie hat ja Recht. Seufzend setze ich mich an meinen Schreibtisch und warte, bis der Neue sich zu mir gesellt hat.

Zurück auf dem Boden der Tatsachen angekommen, zupfe ich meine figurbetonte, schwarze Jacke aus dünnem Jerseystoff, die mir bis über den Hintern geht, zu Recht. Zusammen mit meiner schwarzen Skinnyjeans trage ich heute mein absolutes Lieblingsoutfit. Unter der Jacke trage ich ein geriffeltes hellgraues T-Shirt, das meinen flachen Bauch schön betont. Auf einmal merkte ich, dass es eine Scheißidee war, meine engsten Jeans zu tragen, als Magnus sich neben mir niederlässt und sich sein herber Männerduft in meine Nase schleicht. Unweigerlich zuckt mein Schwanz.

„Bist du Russe?", fragt der Neue mich aus heiterem Himmel, als ich gerade das Programm öffnen und mit Erklärungen loslegen will, um mich abzulenken. Ich drehe mich zu ihm, schaffe es aber kaum seinem durchdringenden Blick standzuhalten. Einen Moment lang schaut er mir in meine Augen.

Nervös fahre ich mir mit der Hand durch meine wuscheligen, kinnlangen Haare, die ich mir am Wochenende erst wieder am Ansatz schön dunkel und in den Längen fast weiß gefärbt habe. Durch den Seitenscheitel wirken meine Haare noch voller als sie eh schon sind. Keine Frage, ich weiß, dass ich unglaublich attraktiv bin, wenngleich deutlich schmächtiger und zierlicher als dieser überaus männliche Adonis neben mir.

„Ja schon. Ich bin aber hier geboren und aufgewachsen. Wie kommst du da drauf?", will ich von ihm wissen. Es wundert mich, dass er so direkt mit dieser Annahme ankommt, ohne Anhaltspunkte. Bis auf meinen Namen dachte ich eigentlich, dass nichts meine Herkunft verrät und selbst der könnte mit einem ´e´ am Ende geschrieben werden. Oder sogar mit einem Apostroph, dann wäre ich Franzose.

„Na dein Name du Witzbold. Du hast ihn so russisch ausgesprochen. Außerdem sieht man es an deinem Aussehen." Magnus schüttelt lachend den Kopf, während ich ertappt den Kopf senke und mich darüber wundere, wie mein Aussehen zu dieser Annahme hat beitragen können. Er scheint meine Verwunderung zu bemerken und ergänzt freundlicherweise seine Aussage um eine Erklärung.

„Na ja, du hast schon irgendwie diese typische Kieferform mit den markanten, sehr hohen Wangenknochen. Und natürlich so volle Lippen.

Außerdem sind deine Augen recht schmal und, hm, geheimnisvoll?" Hochrot im Gesicht sinke ich tiefer in meinen Stuhl. Macht dieser Kerl mich etwa gerade an oder bilde ich mir das nur ein? Wahrscheinlicher ist Letzteres.

„Ich habe gehört du bist Familienvater? Wie viele Kinder haben du und deine Frau denn?", wechsle ich schnell das Thema, damit er mein aufsteigendes Verlangen nach ihm nicht mitbekommt. Oder ist das zu eindeutig, wenn ich nach so einem Gesprächsthema direkt auf sein Privatleben zu sprechen komme? Mein Gott, ich habe keine Ahnung wie ich mich normal verhalten soll.

„Drei Kinder im Alter von fünf, sieben und der Jüngste ist drei. Allerdings sind meine Frau und ich gerade dabei uns voneinander zu trennen", eröffnet er mir. Das habe ich nun wirklich nicht erwartet. Der in mir aufkeimenden Hoffnung bei ihm zu landen, gebe ich jedoch gleich einen Rüffel.

„Oh, das tut mir leid", lüge ich. Wobei es mir doch ein klein wenig leid tut, der Kinder wegen. In unserer heutigen Zeit sollte es aber kein großes Problem sein, solange die Eltern zusammenhalten und sich aufopfernd um den Nachwuchs kümmern. Wie viele gut funktionierende Patchwork-Familien gibt es denn heute.

„Muss es nicht. Wir haben uns auseinander-
gelebt und eben unterschiedliche Vorstellungen.
Hauptsache wir sind weiterhin beide für unsere
Kinder da. Wir sind wenigstens nicht zerstritten
und liefern uns keine Schlammschlacht mit der
Scheidung“, erfüllt er meine Hoffnung auf eine
einvernehmliche Trennung. Weiter möchte ich
ihn nicht ausquetschen, immerhin ist er gerade
mal den ersten Tag hier. Andererseits hat er mit
dem Thema angefangen.

„Okay“, murmle ich in Ermangelung einer
anständigen Antwort. Mehr kann ich dazu nicht
sagen. Ich konzentriere mich auf die Arbeit und
beginne mit der Einweisung des neuen Kollegen,
wegen der er eigentlich hier neben mir sitzt. Für
meinen Geschmack übrigens viel zu nah. Sein
herber Männerduft lullt mich ein und vernebelt
mir die Sinne.

Den Vormittag verbringe ich mit der Erklärung unseres Auftragsprogramms und nebenbei
natürlich mit dem Schmachten, aufgrund des
heißen Kerls neben mir. Als es gegen Mittag geht,
biete ich ihm höflich an, mit mir in die Kantine
essen zu gehen. Meist sind wir knapp fünf Kollegen, die zusammen Pause machen, eine gute Gelegenheit für Magnus, mit allen ins Gespräch zu
kommen.

Nachdem wir uns in der Kantine für ein Ge-
richt entschieden haben, setzen wir uns gemein-

sam an einen freien Tisch. Nicht nur ich scheine Gefallen an unserem neuen Kollegen zu finden, vor allem meine zwei Kolleginnen sind hellauf begeistert und quetschen ihn ohne Scham aus. Dass sie dabei versuchen zu flirten ist nicht zu übersehen, was mich ein klein wenig eifersüchtig macht, obwohl er nicht darauf eingeht.

„Isst du das Stück noch?", fragt er plötzlich, nachdem ich das Besteck bereits zur Seite gelegt habe und auf meinem Teller noch die Hälfte des Schnitzels liegt. Irgendwie habe ich heute keinen großen Appetit. Als ich den Kopf schüttle, klaut er sich das Stück einfach und isst es genüsslich auf. Innerlich hüpft mein Herz gerade vor Freude, wie bei einem zum ersten Mal verliebten Teenager. Er isst von meinem Teller, von meinem Schnitzel.

„Wolltest du es doch noch?" Magnus schaut mich fragend von der Seite an, weil ich ihm wohl etwas zu penetrant dabei zusehe, wie er mein Schnitzel verspeist. Schnell verneine ich und sehe in eine andere Richtung. Er zuckt mit den Schultern und isst weiter.

Nach dem Essen zeige ich ihm bis Schichtende noch so viele Abläufe wie möglich, hoffe jedoch, ihn nicht gleich am ersten Tag zu überfordern. Er macht einen wirklich fitten Eindruck und ich denke, er wird sich gut in unser Team einfinden. Nur ich, ich kann mich nicht damit abfinden, einen so heißen Mann ständig in meiner Nähe zu haben, ohne ihn anfassen zu dürfen.

Froh, dass der Tag endlich ein Ende findet, deute ich an, dass er für heute gehen kann. Wir sind die letzten im Büro. So viel wollte ich heute unterbringen, dass ich darüber die Zeit vergessen habe. Magnus scheint kein Problem damit zu haben. Er verschwindet zufrieden in der Umkleide, um sich für den Feierabend umzuziehen. Ich warte brav bis er fertig ist, obwohl wir uns alle meist gemeinsam fertigmachen. Es hat jedoch einen guten Grund, warum ich mich lieber fernhalte.

Als er wieder rauskommt und in der Tür zu meinem Büro stehen bleibt, um sich für heute von mir zu verabschieden, verschlägt es mir fast die Sprache. Ein schwarzes Tuch ziert seinen muskulösen Hals, überdeckt den Ausschnitt der dunkeln Lederjacke und einen Teil des flauschigen Bartes. An den Füßen dicke, schwere, ebenso schwarze Stiefel und ein dunkelroter Helm in der Hand, steht er vor mir, mein neuer Kollege, der anscheinend mit dem Motorrad zur Arbeit fährt.

Mir wird schlagartig heiß und es fällt mir schwer den Atem unter Kontrolle zu halten. Jetzt bloß keinen Fehler machen, sonst verschrecke ich ihn vielleicht für alle Zeit und blamiere mich bis auf die Knochen. Ich habe keine große Lust mir wegen meiner unkontrollierbaren Hormone einen neuen Job suchen zu müssen.

„Na, gefällt dir was du siehst?" Das anzügliche Wippen seiner Augenbrauen irritiert mich etwas. Völlig ratlos, was ich darauf erwidern soll, bleibe ich wie angewurzelt sitzen, und starre in sein hübsches Gesicht. Hat er etwa doch bemerkt, wie ich ihn den Tag über angehimmelt habe? Verärgert über meine Schwäche schimpfe ich innerlich mit mir selbst.

„Was? Wie? Nein, also ich", bringe ich stotternd hervor, doch meine brüchige Stimme straft mich Lügen. Er glaubt mir natürlich kein Wort und lacht belustig auf. Wieder wandert eine Augenbraue nach oben, woraufhin ich am liebsten im Erdboden versinken würde.

„Komm schon, dass du stockschwul bist, riecht man schon aus hundert Metern Entfernung. Du hast mich doch den ganzen Tag mit den Augen ausgezogen." Viel zu direkt spricht er das aus, was leider der Wahrheit entspricht. Und ich habe so gehofft, es würde noch eine Weile dauern, bis er dahinterkommt.

Völlig überrumpelt spüre ich einen Kloß im Hals, der sich langsam aber sicher formt. Wie ein kleines Kind, das bei einem Streich ertappt wurde, sitze ich da und weiß nicht wie ich reagieren soll. Was passiert nun? Wird er mich anschreien, mir sagen wie widerlich er mich findet und es anschließend dem Chef melden? Zählen lüsterne Blicke als sexuelle Belästigung am Arbeitsplatz? So viele Fragen und keine befriedigenden Antworten.

„Oh Gott, es tut mir so leid. Ich weiß auch nicht was mit mir los ist", stammle ich krächzend und schlage die Hände vor dem Kopf zusammen. Scheiß Hormone! Gleich am ersten Tag einen solch schlechten Eindruck zu hinterlassen, kann auch nur mir passieren.

„Ich würde mal sagen, ich habe dir ganz schön den Kopf verdreht." Magnus zwinkert mir zu und mir wird abwechselnd heiß und kalt. Er hat mich durchschaut, nur weiß ich nicht, wie er zu der Sache steht. Im Moment kann ich aus seiner Haltung und seinen Gesichtszügen nicht wirklich etwas ablesen.

„Was musst du auch so verdammt heiß sein?", gifte ich ihn plötzlich an, als ob es seine Schuld wäre. Ich fühle mich in die Enge getrieben, also versuche ich nun mit allen Mitteln zu entkommen. Dass ich mit dieser rhetorischen Frage alle letzten Zweifel an seiner These, ich würde auf ihn stehen, auslösche, kommt mir nicht in den Sinn. Ich bin wütend auf mich selbst. Und auf ihn.

„Ach, jetzt ist es also meine Schuld? Dabei wollte ich dir gerne eine Lektion erteilen. Oder glaubst du, ich lasse es zu, dass du mir ungestraft

den lieben langen Tag auf den Hintern starrst?"
Den versauten Unterton in seiner Stimme über-
höre ich zunächst. Nur das Wort 'Strafe' dringt
zu mir durch und versetzt mich in Panik.

„Bitte geh nicht zum Chef! Ich verspreche, ich
höre auf damit. Du wirst nicht mal merken, dass
wir zusammenarbeiten. Bitte, ich tue alles, aber
sag es niemandem, okay?", flehe ich ihn regelrecht an. Fast wäre ich vor ihm auf die Knie gegangen, um meiner Bitte mehr Ausdruck zu verleihen, kann mich aber im letzten Moment von
dieser Peinlichkeit abhalten. Vor allem könnte es
gut passieren, dass ich mich nicht mehr zurückhalten kann, wenn ich einmal vor ihm Knie, das
Gesicht auf der Höhe seines Schritts.

„'Alles' klingt schon mal vielversprechend.
Wie wäre es für den Anfang mit einem Blowjob?"
Augenblicklich höre ich auf zu flehen. Ich traue
meine Ohren kaum, als er mir dieses perfide Angebot macht. Ich kann mich nicht entscheiden, ob
ich mich darüber freuen oder verärgert sein soll.

„Bitte was?" Entgeistert blicke ich zu ihm auf.
Anscheinend will der Neue etwas Befriedigung
absahnen, nachdem er sich von seiner Frau ge-
trennt hat. Und dafür soll nun ich herhalten, die
Schwuchtel vom Dienst, die natürlich alle
Schwänze lutscht. Schubladendenken vom Feins-
ten. Meine Wut steigert sich ins Unermessliche,

doch ich schlucke meinen Ärger runter und bleibe innerlich brodelnd sitzen.

„Du hast mich schon richtig verstanden. Ich kann es vielleicht besser verstecken, aber im Grunde genommen bin ich genauso scharf auf dich, wie du auf mich. Und ich wollte es schon immer mal in einem Büro treiben.“ In seinen leuchtenden Augen kann ich erkennen, dass er es ehrlich meint. Ganz überzeugt bin ich trotzdem noch nicht.

„Und wenn ich dir keinen blase? Verpfeifst du mich dann beim Chef?“, spreche ich meine Vermutung deutlich aus. Mal sehen, ob er mich nicht doch nur erpressen will, um eine schnelle Nummer schieben zu können. Ich weiß allerdings, dass ich nicht widerstehen kann, egal, ob ich nur benutzt werde oder nicht. Doch das muss er ja nicht gleich wissen.

„Natürlich nicht.“ Magnus hebt beschwichtigend die Hände und erkennt wohl, wie fatal seine Vorgehensweise ist. „Es bleibt unser Geheimnis. Ich würde mich nur freuen, wenn zwischen uns was laufen würde, da ich dich wirklich sehr anziehend finde. Ich wollte dich nicht herabwürdigen oder unter Druck setzen! Es ist allein deine Entscheidung, ich akzeptiere selbstverständlich auch ein Nein.“

Es bringt nichts, sich gegen das Verlangen zu wehren. Innerlich bin ich ihm doch schon längst verfallen und würde mich mit einem Nein nur selbst bestrafen. Dennoch verharre ich in meiner Position und tue so, als ob ich noch darüber nachdenke.

„Selbst, wenn ich wollte, könnte ich dir nicht widerstehen. Aber was, wenn uns jemand erwischt? Das wäre echt peinlich", gebe ich zu bedenken. Magnus verdreht genervt die Augen und seufzt laut. Seine Geduld ist wahrscheinlich bald am Ende. Ich glaube, ich sollte ihn nicht länger auf die Probe stellen.

„Die anderen sind doch schon längst alle weg und wir können zur Sicherheit die Tür von innen absperren. Aber gut, wenn du Schiss hast und auf das hier verzichten willst, dann gehe ich jetzt eben." Sein gedehntes ʼdas hierʼ unterstreicht er mit einer fließenden Handbewegung entlang seines heißen Körpers. Ich erschaudere.

„Warte! Du kannst doch jetzt nicht einfach abhauen?!" Meine Augen fallen mir beinahe aus dem Kopf, soweit reiße ich sie auf. Zudem lehne ich mich in meinem Stuhl so weit nach vorne, dass ich fast und vornüberkippe und runterfalle. Ich kann mich gerade noch an den Armlehnen festhalten.

„Hatte ich eh nicht vor. Komm her!" Magnus lässt seinen Rucksack zu Boden fallen und tritt ganz nah an mich heran. Ich spüre seinen heißen Atem auf meinen Wangen, als er sich zu mir herunter beugt und Anstalten macht, mich zu küssen. Kurz bevor sich unsere Lippen treffen hält er jedoch inne und ich bekomme schon Panik, dass er doch nur mit mir spielt. Meine Angst ist unbegründet, wie ich feststelle, als ich endlich seinen Mund auf meinem spüre und den angenehmen Druck, den er ausübt.

Schnell wird der anfangs unschuldige Kuss zu einem feurigen Zungenspiel und ich keuche, da ich kaum noch Luft bekomme, aber auch vor lauter Erregung. Er ist ein verdammt guter Küsser, wahrscheinlich der beste, den ich je hatte. Während seine Zunge über meine Lippen streicht und meine Mundhöhle plündert, nestelt Magnus am Reißverschluss seiner Hose und zieht sie samt Boxershorts bis zur Kniekehle runter.

Ich unterbreche den heißen Kuss, um sein bestes Stück in Augenschein zu nehmen, dass nun, als er sich wieder aufrichtet, halberigiert direkt vor meinen Augen baumelt. Gierig lecke ich mir über die rot geküssten Lippen und greife instinktiv nach Magnus' Eiern. Kurz massiere ich die prallgefüllten Hoden, bevor ich mich nach vorne beuge und das ganze Glied in den Mund nehme. Noch geht das, doch sobald dieses Teil steht, bin ich mir sicher, es nicht mehr so einfach reinzukriegen.

Mein neuer Kollege brummt angetan und wippt mit den Hüften fordernd vor und zurück. Ermutigt greife ich durch seine Beine hindurch, streiche mit den Fingerspitzen kurz über seinen Damm und tauche dann in seine Spalte ein. Mittlerweile hat sein Schwanz die volle Pracht erreicht und ich nehme die freie Hand zur Hilfe, um ihn komplett zu verwöhnen. Den Teil, den ich nicht in den Mund bekomme, massiere ich fleißig mit den Fingern. Ganz in meinem Element, tauche ich mit der Zunge in den kleinen Spalt an der Eichel ein, lecke über die zarte Haut und koste von den Lusttropfen, die sich bilden.

Ohne um Erlaubnis zu fragen, versenke ich einen Finger in seinem Po und stoße in sein heißes Rektum. Es scheint ihm zu gefallen, denn er verschränkt die Hände im Nacken und schließt genießerisch die Augen. Seine Hüften geben weiterhin den Takt vor. Mit jeder Bewegung schiebt er entweder sein Glied in meinen Rachen oder pfählt sich auf meinem Finger. Mein Mund scheint ihn verrückt zu machen, denn plötzlich stößt er ungehalten in mich und seine Spitze gegen meine Kehle. Es stört mich nicht, obwohl ich leicht würgen muss.

Mein Finger steckt immer noch tief in seinem Po und reibt über seine empfindliche Prostata, während ich mit dem Mund wie besessen an seinem Schwanz sauge und das kehlige Stöhnen genieße. Der Gedanke ihn in meinen Rachen kommen zu lassen wird stärker. Zu gerne würde ich ihn schmecken. Mit einem leichten Zug an meinen Haaren deutet er an, dass es wohl bald so weit ist und ich langsam aufhören sollte.

Doch ich kann es nicht. Soll er doch zweimal kommen. Einmal in meinen Mund und ein zweites Mal in meinen Hintern. Ohne auf seine Andeutung zu reagieren, sauge ich weiter an diesem perfekten Glied und ficke seinen Eingang noch schneller mit meinem Finger. Der Zug an meinem Haar lässt augenblicklich nach. Stattdessen drückt er meinen Kopf stöhnend in seinen Schritt, so dass sein Schwanz tief in meine Kehle vordringt. Ich schmecke seinen salzigen Samen auf der Zunge und schlucke brav alles runter, was er zu geben hat.

Mein Finger steckt so tief in seinem Hintern, dass ich Mühe habe, ihn herauszuziehen, da seine Muskeln so fest um ihn herum angespannt sind. Als sein Höhepunkt langsam verebbt lässt er auch meinen Finger wieder frei und sein Schwanz gleitet aus meinem Mund heraus. Ich lecke einige verirrte Spermareste von meinen Lippen, stehe auf und küsse ihn stürmisch.

„Dir gefällt es wohl oben und unten vollgepumpt zu werden, du Perversling", raunt Magnus in unseren Kuss und ich nicke ergeben.

„Ich gebe dir ein paar Minuten, um wieder steif zu werden. Dir ist hoffentlich klar, dass ich trotzdem noch rangenommen werden will?", säusle ich gegen seine feuchten Lippen und ernte ein breites Grinsen. Sieht so aus, als wäre er noch nicht gesättigt und bereit für mehr.

Während er, an die Wand hinter sich gelehnt, seine Kräfte sammelt beglückt er mich nun seinerseits mit einem Finger im Hintern, indem er mich nah an sich heranzieht und um mich herumgreift. Der eine Finger bekommt schnell Gesellschaft von einem zweiten, dann einem dritten. Ich stöhne ungehemmt in seinen Mund, während ich mich ohne Scham auf seinen Fingern pfähle.

Zwischen unseren erhitzten Körpern spüre ich, wie sich seine Länge langsam erholt und unter meinem erregten Stöhnen steif wird. Ich lasse kurzerhand eine Hand zwischen uns gleiten und packe unsere beiden Schwänze. Mit kräftigen Bewegungen massiere ich sie gegeneinander, was ihm zu gefallen scheint.

Nach nur wenigen Minuten finde ich mich rücklings auf meinem Bürotisch wieder und recke die Beine in die Höhe, damit er besser an meinen Hintern rankommt. Wieso er Gleitmittel und Kondome im Rucksack auf Arbeit mit sich führt, lasse ich mal unkommentiert. Schließlich kommt es mir ja gerade zu Gute. Fahrig verteilt er das Gel in meiner Spalte und auf seiner Länge, nachdem er sich das Kondom übergestreift hat.

Die Spitze an meinen Eingang gedrückt, schnappt er sich meine Beine und legt sie sich auf die Schultern. Dann dringt er langsam, aber unnachgiebig, in mein enges Loch ein und ich beginne vor Schmerz und Lust laut zu keuchen.

Der Anblick seines gestählten Oberkörpers macht mich ganz kirre. Seine muskulöse Brust ist von kleinen Schweißperlen überzogen, unter denen das helle, feine Brusthaar schimmert. Sein Blick ruht auf meinem Schritt, besser gesagt auf meinem steinharten Schwanz, der sich zu meinem Bauchnabel hinauf reckt. Kleine, klebrige Vorboten meiner Lust ziehen Fäden hinunter zu meiner Haut, die er kurzerhand mit den Fingerspitzen auf meinem Bauch verteilt.

Nur ein kleines Stück fehlt noch bis er ganz in mir drinnen ist. Mit einem Ruck zieht er mich nach vorne auf seinen Schwanz und ich verdrehe die Augen vor Erregung. Überdehnt und vollkommen ausgefüllt pulsiert mein Rektum um sein Glied herum, verschlingt es gierig durch die Kontraktionen, die aufgrund des leichten Schmerzes nicht einzudämmen sind.

Die langen braunen Haare hängen ihm strähnig über die Brust und wippen bei jedem Stoß sanft mit. Ich kann mein Glück kaum fassen, so einen geilen Mann in mir spüren zu dürfen.

Heute ist definitiv mein Glückstag. Keuchend halte ich seinen härter werdenden Stößen Stand und nehme ihn immer wieder tief in mir auf. Dabei beobachte ich fasziniert das feine Muskelspiel seiner Bauchmuskeln.

Die Kante des unbequemen Tischs drückt sich in mein Steißbein, doch ich ignoriere diese Unannehmlichkeit. Nichts könnte mich in diesem Moment davon abhalten weiter ungestüm gefickt zu werden. Die Hände hinter meinem Kopf an der gegenüberliegenden Tischkante, um mich festzuhalten und nicht wegzurutschen, beobachte ich, wie der lange, dicke Penis immer wieder aus mir herausgleitet und zurück in meinen Hintern verschwindet.

Ein extrem heißes Bild, das sich mir ins Gedächtnis brennt. Erst als der Druck zu groß wird und mein Schwanz vor Erregung schon schmerzt, lasse ich eine Hand in meinen Schritt wandern und massiere mich selbst.

„Fuck, ich komme gleich", japse ich nach Luft ringend und wichse meine Länge immer schneller, während Magnus zielsicher den Lustpunkt in meinem Inneren streift. Sein Blick richtet sich gespannt auf meine Körpermitte. Zwei kräftige Stöße später ist es um mich geschehen und ein sehr lange andauernder Orgasmus übermannt mich. Meine Muskeln ziehen sich heftig zusammen in dem Moment, als mein Samen stoßweise über meine Hand und meine Bauchdecke spritzt.

Kurz hält Magnus inne, damit ich meinen Höhepunkt voll auskosten kann, dann rammt er sich voll Inbrunst weiter in mein zuckendes Loch, bis auch er den Kopf in den Nacken wirft und sich grunzend in mir ergießt. Seine Brust hebt und senkt sich in rasendem Tempo, während er ohne Unterlass seinen Saft herauspumpt.

Erschöpft bricht er anschließend auf mir zusammen und küsst mich fahrig, bevor er sich aus mir zurückzieht, das Kondom abstreift und es doch tatsächlich im Mülleimer hier im Büro entsorgen will. Ich halte ihn im letzten Moment davon ab und wickle es in mehrere Taschentücher ein. So eklig es auch ist, dieses Ding entsorge ich lieber draußen im Müll. Wenn das hier die Putzfrau findet, bekommt die doch den Schock ihres Lebens.

„Ist das der Grund für die Trennung von deiner Frau?", frage ich, während ich meine Klamotten zusammensuche und mich anziehe. Entweder Magnus ist bisexuell oder hat erst zu spät seine Homosexualität entdeckt und begriffen, dass es keinen Sinn macht, sie zu verleugnen. Solche Fälle habe ich oft genug zu Gesicht bekommen.

„Nein, also ja. Allerdings nicht von meiner Seite aus. Ich bin bi und sie meinte damals, sie würde damit klarkommen, dass ich ab und an mit einem Kerl ins Bett steige. Jetzt hat sich herausgestellt, dass sie das doch nicht so prickelnd findet", gesteht der heiße Kerl, der mich gerade erst besinnungslos gefickt hat.

Wer hat es schon gerne, dass der Partner mit anderen schläft. Ich kann sie da schon verstehen. Nur schade, dass sie erst drei Kinder mit ihm in die Welt setzen musste, bevor sie gemerkt hat, dass sie damit nicht klarkommt. Manchmal ist die Liebe zu jemandem einfach zu groß, um nüchtern und mit Verstand alle Pros und Kontras abzuwägen, bevor man sich auf sie einlässt.

„Ist ja auch irgendwie verständlich." Wieder angezogen fahre ich meinen Computer runter und schließe die Tür zum Büro wieder auf. Da wir vergessen haben vor unserer kleinen Liaison mit unseren Stempelkarten an der Zeituhr den Feierabend einzuläuten, läuft sie eben unter Arbeitszeit. So lässt sich ein Arbeitstag doch gut aushalten.

Ich hole meine Jacke aus dem Spind im Umkleideraum und schnappe mir meine Tasche. Gemeinsam mit Magnus verlasse ich die Firma über den Aufzug, nachdem ich sämtliche Räume abgesperrt und das Licht gelöscht habe. Der Letzte macht ja bekanntlich das Licht aus.

„Ich bin ihr auch überhaupt nicht böse. Aber ich weiß eben, dass ich es nicht schaffe, auf Männer zu verzichten und ich möchte das nicht hinter ihrem Rücken machen", geht er noch mal auf das Thema ein, als wir bereits auf dem Parkplatz ankommen.

„Finde ich wirklich gut von dir." Unsicher, wie ich mich von meinem neuen Kollegen nach so einer heißen Nummer verabschieden soll, bleibe ich einfach neben ihm stehen, als er sich an seinem Motorrad zu schaffen macht. Mit Schwung gleitet er in den Sattel und startet die teure Maschine. Unweigerlich stelle ich mir vor, wie es wäre, von Magnus auf dem Motorrad rangenommen zu werden. Am besten mit laufendem Motor, der unnachgiebig Vibrationen durch unsere Körper schickt.

„An was denkst du denn schon wieder, Perversling. Bist wohl unersättlich, hm? Lass uns das doch mal wiederholen. Solange du nicht unbedingt auf eine Beziehung aus bist und mir eine Szene machst, wenn ich nur Sex will, können wir das gerne öfter machen", grinst er und wirft mir eine Kusshand zu. Warum sieht man mir meine Gedanken nur immer gleich an?

„Klingt gut! Ich sag dir Bescheid, sobald bei mir Gefühle entstehen sollten." Frech strecke ich ihm die Zunge raus, doch ich kann nicht leugnen, dass sich in mir bereits ein wenig Verliebtheit breit macht. ʼDas sind nur die Hormoneʼ, schimpfe ich still mit mir.

„Bis morgen, Süßer." Magnus gibt Gas und fährt viel zu schnell über den Parkplatz. Hinter ihm wehen seine langen Haare, die unter dem Helm hervorschauen. Was für ein Anblick.

„Bis morgen", schmachte ich ihm hinterher, bevor ich zu meinem Auto gehe und ebenfalls für heute die Firma verlasse. Ich kann es kaum abwarten, ihn wieder in mir zu spüren, ihn zu schmecken und unter seinen heißen Berührungen zu kommen. Scheiß auf Gefühle. Solange ich seinen Schwanz haben kann, ist mir alles andere egal. Zumindest versuche ich mir das einzureden.

Sir Henhdor

Shortstory 4:

Als ehrwürdiger Ritter der Königsfamilie ist es Henhdor bestimmt, sich um das Wohlergehen des jungen Prinzen zu kümmern. Der Junge wird allerdings immer mehr zum Mann und für Henhdor wird es bald schwer, sein verbotenes Verlangen im Zaum zu halten.

„Sehr wohl, mein König. Ich schwöre, dass ich über Euren Sohn, meinen Prinzen, wachen werde. Ihn mit meinem Leben zu beschützen ist meine einzige Aufgabe und ich werde Euch nicht enttäuschen." Sir Henhdor verbeugte sich tief und trat anschließend beiseite, um den Weg für Prinz Tyra frei zu machen.

Harte Zeiten erschütterten das Königreich Aikmor. Henhdor, edler Ritter und Vertrauter des Königshauses seit Geburt, kämpfte für den Frieden und um das Wohlergehen der Königsfamilie. Ein Ende war jedoch nicht in Sicht und die Feinde aus angrenzenden Königreichen drohten sie zu erobern. Deshalb hatte er den Auftrag erhalten den einzigen Sohn der Königsfamilie, Prinz Tyra, wohlbehalten fortzubringen, bevor das Chaos über das Königshaus hereinbrach.

Seine Aufgabe bestand darin, den Prinz nach Walee zu bringen. Dort war dieser der Prinzessin versprochen. Mit ihrer Hilfe sollte Tyra den Fortbestand der Königsfamilie sichern und ein neues Land aufbauen. Der Vater der Prinzessin lag im Sterben und ein neuer König musste das Reich regieren. Bald schon würde das Haupt des Prinzen die Krone Walees zieren, während dessen eigenes Land dem Untergang geweiht war.

„Es wird eine lange Reise mein Prinz. Ich werde sie so angenehm wie nur möglich für Euch machen. Vor jeglicher Gefahr werde ich euch schützen", sagte er mit fester Stimme und gesenktem Blick, als der junge Prinz an ihm vorbeilief, um sich auf die Reise, die sie sogleich antreten mussten, vorzubereiten.

Zwar war Tyra ebenfalls kampferprobt und hatte eine gute ritterliche Ausbildung am Hof genossen, doch hatte er ihm einige Jahre voraus. Henhdor war als Ritter geboren und genoss hohes Ansehen im ganzen Königreich. Nicht nur sein Können, auch sein Charakter trugen dazu bei. Stets zu Diensten, ehrlich und treu war seine Maxime.

Außerdem lag ihm die Damenwelt zu Füßen. Sein glattes, schwarzes Haar, das über seine Schulter bis zum unteren Rücken, über die ausgeprägten Muskeln an Armen und Brust, fiel, umrahmte sein maskulines Auftreten. Viele Narben, von zahllosen Schlachten und Kämpfen, zierten seine dicke Haut und seine kräftige und große Statur schindete bei jedem Eindruck. Im Gegensatz zu seinem dunklen Haar und braunen Haut, strahlten seine ausdrucksstarken Augen in Smaragdgrün. Sie durchbohrten jeden Kontrahenten im Kampf.

Prinz Tyra hingegen war eher schmächtig, doch nicht minder hübsch. Eben anders. Anderthalb Köpfe kleiner als Sir Henhdor und nur nicht einmal halb so muskulös, hatte der Prinz in ihm schon immer den Beschützerinstinkt geweckt.

Wie oft war er versucht gewesen, den Jungen, als dieser von ihm lernen wollte und sich beim Üben mit dem Schwert verletzte, fest in die Arme zu schließen. Da dies seinem Stand jedoch nicht gebührte, war er jedoch stets bei ermutigenden Worten geblieben.

Nachdenklich sah er dem Sohn des Königs hinterher. Wann war der Kleine so erwachsen geworden? Er erinnerte sich noch gut daran, wie er geholfen hatte, dem Jungen das Laufen beizubringen. Damals war er selbst noch ein Kind, aber seine Bestimmung selbst im zarten Alter von elf Jahren bereits in seinem Herzen manifestiert gewesen.

Vor einigen Tagen erst war der Prinz neunzehn Jahre alt geworden und Henhdor hatte als dessen Leibwächter an den Feierlichkeiten teilnehmen dürfen. Gekleidet in ein edles langes Gewand, die leicht gewellten, braunen Haare bis zum Kinn, und die tiefbraunen Rehaugen weit aufgerissen, hatte der junge Mann dagestanden, als er ihm sein Geschenk überreichte. Es handelte sich um ein eigens für den Prinzen angefertigtes Schwert, das er schon ein Jahr im Voraus mit dem Schmied seines Vertrauens entworfen und zur Perfektion gebracht hatte.

Genau dieses Schwert trug Tyra nun mit Stolz an der Hüfte, als sie, begleitet von fünf weiteren Rittern, den Hof der Königsfamilie verließen und zu den Ställen gingen. Vor Sir Henhdor lag die schwerste Aufgabe, die er je zu bewältigen hatte. Kein einziger Fehler durfte ihm unterlaufen, sonst war das Leben des ihm anvertrauten Prinzen in Gefahr.

Bis zum Königreich der Waleer war es ein dreiwöchiger Ritt durch Felder, Wälder und Gebirge, in denen sich Feinde, die Kämpfer anderer Reiche, verstecken und ihnen auflauern konnten. Unter den wachsamen Augen der Königsfamilie schwang er sich auf seinen pechschwarzen Hengst und wartete, bis auch die anderen Ritter und der Prinz auf ihren Pferden saßen.

„Seid Ihr bereit, Prinz Tyra? Bleibt in unserer Mitte", wies er den Prinzen an und blicke über die Schulter nach hinten. Niemand sollte zu seinem Schützling vordringen können, ohne es mit ihm oder einem der anderen Männer aufzunehmen. In der gewünschten Formation traten sie nach einem kurzen Abschied von Tyras Eltern die langwierige, gefährliche Reise an.

„Jawohl, Sir Henhdor. Auf nach Walee." In den Augen des Prinzen flackerte eine Emotion auf, die nicht zum bevorstehenden freudigen Anlass passen wollte. Ja, es lag eine anstrengende Reise vor ihnen, an deren Ende jedoch die Hochzeit mit der schönsten Prinzessin, die das Reich je gesehen hatte, angedacht war. Die Traurigkeit auf

Tyras Gesicht spiegelte jedoch in keiner Weise diese Freude wider.

Für den Moment ignorierte der Ritter seine Sorge um das Gemüt seines Schützlings und trieb die Gruppe zur Eile an. Je schneller sie aus der Stadt kamen, vor deren Tore bereits die Raubtiere warteten, desto besser. In leichtem Trab trotteten ihre Pferde einen selten genutzten Schleichweg aus der Stadt hinaus.

Ohne besondere Vorkommnisse ritten sie den ganzen Tag hindurch bis in die Abenddämmerung hinein. Erst spät suchte Henhdor nach einem geeigneten Lagerplatz und entfachte ein Lagerfeuer, um sie in der Nacht zu wärmen und wilde Tiere fernzuhalten.

Das Feuer erhellte die stockfinstere Nacht in einem Umkreis von wenigen Metern um das Lager herum. Henhdor schmiss noch ein paar trockene Zweige hinein und lauschte dem Knacken, das sie beim Verbrennen von sich gaben. Prinz Tyra saß zusammengekauert auf einem Stamm und starrte ins Feuer. Den ganzen Tag über war der Junge schon äußerst still gewesen. Nicht, dass dieser sonst am Stück redete. Doch ganz so ruhig wie heute hatte er ihn noch nicht erlebt.

„Was bedrückt Euch mein Prinz? Möchtet Ihr reden?" Er wartete bis der Prinz seine Frage bejahte, dann setzte er sich neben diesen auf den vertrockneten Baumstamm am Lagerfeuer. Geduldig gab er Tyra Zeit sich zu sammeln und sich die Worte zurechtzulegen und schaute währenddessen nachdenklich ins Feuer.

„Ich kenne die Prinzessin nur aus meiner Kindheit. Und jetzt soll ich sie heiraten und mit ihr ein Königreich führen?", seufzte sein Schützling schließlich und bedachte ihn von der Seite mit einem traurigen Blick. Das war es also, was den jungen Mann seit ihrer Abreise beschäftigte. Verdenken konnte er es ihm nicht, allerdings war er auch nicht imstande etwas daran zu ändern.

„Ihr habt großes Glück. Prinzessin Myra ist wunderschön und intelligent. Sie wird von allen hoch verehrt. So wie Ihr", versuchte er den Prinzen aufzumuntern. Täuschte er sich oder sammelten sich gerade tatsächlich Tränen in den glänzenden Augen des Jungen? Schmerz lag in ihnen gepaart mit Angst und Hoffnungslosigkeit.

Henhdor schob es auf die gesamte Situation. Tyra konnte nur hoffen, dass von seiner Familie, seinem Reich jemand den Krieg überlebte, während er an Prinzessin Myras Seite ein neues Leben fernab der Heimat begann. Das konnte einen jungen Mann, der gerade erst erwachsen geworden war schon beängstigen.

„Verehrt Ihr sie denn auch? Ich weiß, ich sollte froh sein über mein adliges Blut und das großzügige Angebot Königs Mehar, mir seine einzige Tochter zur Gattin zu überlassen. Doch..." Die

Worte erstickten in einem leisen Seufzer und der Prinz wischte sich fahrig über die Augen. Wieder eine Situation, in der Sir Henhdor seinen Schützling gerne in die Arme schließen und jegliche Angst von diesem nehmen wollte. Er hielt sich jedoch zurück, wie immer.

„Ihr werdet sie lieben lernen und sie wird Euch wundervolle Kinder schenken. Habt keine Angst vor der Zukunft, mein Prinz. Und nein, mein Herz gehört einzig und allein einer Person", erwiderte er, darauf bedacht sich nichts weiter anmerken zu lassen. Stoisch wie immer ruhte sein Blick auf den lodernden Flammen und gab nicht Preis, was er fühlte oder dachte.

Früh hatte er gelernt, dass seine Gefühle keine Rolle spielten. Dem König zu dienen war seine einzige Aufgabe, die er nur bewältigen konnte, indem er seine Emotionen zu kontrollieren lernte. Einen Kampf gewann man nicht mit Emotionen, sondern mit eiserner Miene und Härte.

„Ich würde meine Zukunft nur gerne selbst mitgestalten. Ich weiß, ich werde Myra nie lieben können. Denn auch mein Herz...Es tut mir leid. Ihr nehmt so viel auf Euch, um mich zu beschützen und ich jammere, weil ich eine Prinzessin heiraten soll." Tyra schüttelte verlegen den Kopf. Um den Prinz nicht zu überfordern, beschloss er diese Konversation vorerst zu beenden. Es war spät geworden und die anderen Ritter schliefen bereits dicht ans Lagerfeuer gedrängt.

„Schlaft jetzt, damit Ihr morgen ausgeruht seid. Wir reiten noch vor Tagesanbruch weiter." Noch während er sprach erhob sich Henhdor und schüttelte die Decken aus, die seinen Schützling in den kühlen Nächten warmhalten sollten. Nickend begab dieser sich zu seinem Schlafplatz und ließ sich von ihm zudecken. Erschöpft von dem langen Ritt und der ständigen Angst auf jemanden zu treffen, der ihnen nicht wohlgesonnen war, schlief Tyra sofort ein.

Mit traurigem Blick beobachtete er die zierliche Gestalt am Boden und sein Herz zog sich schmerzhaft in seiner Brust zusammen. Je älter der Prinz wurde, desto stärker traten seine Gefühle ans Tageslicht, wenngleich er versuchte, sie zu unterdrücken. Er durfte Tyra nicht mehr lieben, als einen Bruder, das gehörte sich für einen Ritter seines Standes einfach nicht. Und schon gar nicht dieses unbändige Verlangen danach, den Prinzen zu küssen oder stöhnend unter sich zu spüren.

Henhdor knurrte als er versuchte, die Gedanken abzuschütteln, was ihm nur misslich gelang. Meist schaffte er es an etwas Anderes zu denken und sein Gemüt soweit abzukühlen, dass man ihm seine Erregung wenigstens nicht in der Hose ansah. Diesmal wollte ihm das jedoch nicht so gut gelingen. Andererseits schliefen die anderen Ritter bereits selig und niemand konnte ihn davon abhalten, sich seinen Fantasien hinzugeben.

Er warf noch einen Blick auf das Objekt seiner Begierde. Es war seine Aufgabe den jungen Prinzen zu beschützen und ihn unversehrt in das benachbarte Königreich zu bringen. Versprochen an die hübsche Prinzessin Myra, an deren Seite der Prinz bald schon über ein ganzes Land regieren sollte. Eingehüllt in mehrere dünne Laken, zitterte der schlanke Körper vor Kälte, obwohl in ihrer Mitte ein Lagerfeuer brannte.

Selbstlos befreite Henhdor sich von seinem ritterlichen Umhang und legte ihn seinem Schützling zusätzlich über den Oberkörper. Ein wohliges Seufzen entwich den Lippen des Prinzen, der sich sogleich hinein kuschelte. Kurz zuckte der Ritter, der fast nie eine Miene verzog, zurück, doch der Junge schien seelenruhig zu schlafen. Seufzend strich er ihm einige Haarsträhnen aus dem Gesicht.

Tyras Haut war weich wie Samt und blass von den Strapazen der letzten Wochen. Lange zarte Wimpern flatterten an den geschlossenen Augen, als ob ein schlechter Traum seinem Schützling die Nachtruhe stahl.

„Es ist alles gut. Ich beschütze dich mit meinem Leben", hauchte er tonlos und schnappte sich sein Schwert, bevor er unweit vom Lager im

Wald verschwand. Hinter einem Baum, von dem aus er das Lager gut sehen konnte, selbst aber vor neugierigen Blicken geschützt blieb, legte er seine Waffe ab. In seiner Hose war es viel zu eng geworden. Seufzend strich er mit der Hand über die Beule, die sich am Stoff abzeichnete. Es tat unglaublich gut eine Berührung zu spüren, die ihm nach all den Jahren, in denen er es sich verboten hatte sich, im Gedanken an Tyra selbst zu berühren, endlich Erleichterung verschaffen konnte.

Das schlechte Gewissen drang immer weiter in den Hintergrund, als er seine Hose ein Stück weit nach unten schob und sein praller Schwanz heraus sprang. Ein prüfender Blick Richtung Lager gab ihm Gewissheit, dass niemand ihn bemerkte. Seine Länge fest umgriffen, übermannte ein angenehmes Kribbeln seinen Körper. Langsam massierte er seinen Schaft, ließ den Daumen über die Eichel wandern und verteilte erste Lusttropfen auf ihr.

In Gedanken küsste er den Prinzen und entkleidete ihn nach und nach vollständig. Er stellte sich das Glied des Jungen vor, wie es hart und nach Aufmerksamkeit lechzend vor ihm auf und ab wippte, in seinem Mund pulsierte und welch süße Töne er Tyra entlocken könnte. Schweiß auf der Stirn wichste er immer schneller, bis sein Orgasmus unaufhaltsam näher rückte. Wie Blitze schoss die Erregung durch seinen Körper. Leise keuchend erreichte er seinen Höhepunkt und spritze eine beachtliche Ladung gegen den Baumstamm, an dem er sich mittlerweile mit der freien Hand festhielt.

Jeden Tropfen presste er aus seinem Schwanz heraus, bevor er die Hose wieder hochzog und seinen Atem wieder unter Kontrolle brachte. Vorsichtig, um niemanden zu wecken, schlich er sich zurück ins Lager und setzte sich seufzend zurück ans Feuer, um die Nacht über wache zu halten. Er gönnte sich nur wenig Schlaf, traute den mitreisenden Rittern, die meilenweit unter ihm standen, nicht zu, dass sie mit derselben Sorgfalt, wie er selbst, über den Prinzen wachten.

Kühle Sonnenstrahlen erhellten am frühen Morgen den Himmel und weckten Henhdor aus seinem unruhigen Schlaf. Sie mussten weiterziehen, durften nicht zu lange an einem Ort verweilen. Gähnend erhob er sich vom harten Boden und rüstete sich für den bevorstehenden Tag.

Sein Blick wanderte zu Tyra hin, der noch friedlich, eingekuschelt in seinen Umhang, schlief. Es schien, als würde dieser seinen Duft regelrecht inhalieren. Als er mit den Vorbereitungen fertig war, ging er zu seinem Schützling und hockte sich neben diesen auf den Boden. Zärtlich strich er dem Jungen durch die verwuschelten Haare.

„Guten Morgen, mein Prinz. Zeit aufzustehen“, flüsterte er mit einem gütigen Lächeln auf dem Gesicht. Tyra öffnete verschlafen die Augen und sah ihn blinzelnd an. Mühsam kämpfte der Prinz sich aus den Decken, bis er Henhdors Umhang entdeckte.

„Sir Henhdor?“, sah der Kleine fragend zu ihm auf und hielt ihm den Umhang schüchtern lächelnd hin. Dankend nahm er ihn entgegen und half dem Jungen auf die Beine. Zum Frühstück gab es für ihn und die anderen Ritter nur trockenes Brot. Für den Prinzen hatte ihm der König jedoch einige Früchte und getrocknetes Fleisch mitgegeben, das er diesem nun darbot.

„Danke, Sir Henhdor“, nahm sein Schützling das Essen dankend entgegen und machte sich hungrig darüber her. Er beobachtete schmunzelnd die vollen Backen und den guten Appetit, den der Prinz an den Tag legte.

„Möchtet Ihr nicht auch etwas von dem Fleisch?“, fragte ihn Tyra plötzlich mit vollem Mund und hielt ihm ein großes Stück unter die Nase. Lachend lehnte er ab. Er war es nicht gewohnt, wie ein König zu speisen und hatte sich vorgenommen, die Lebensmittel gut einzuteilen. Sein Prinz sollte jeden Tag genügend leckere Sachen zu essen bekommen.

„Aber Ihr habt doch die schwerste Aufgabe und müsst bei Kräften bleiben“, bestand sein

Schützling darauf, ihm ein Stück Fleisch abzuge-
ben. Die schmollenden Augen waren beinahe zu
viel für Henhdors schwaches Herz. Das eisige
Gefühl von Schuld stieg in ihm auf und drehte
ihm fast den Magen um. Wie konnte er sich nur
so gehen lassen und im Gedanken an diesen un-
erreichbaren jungen Mann im Wald abspritzen?
Er schämte sich.

„Das ist wirklich sehr großzügig von Euch,
mein Prinz. Aber ich muss ablehnen. Seid unbe-
sorgt, ich werde nicht verhungern", wandte er
sich beschämt ab. Tyra war schon immer nett zu
ihm gewesen. Vor allem aber hing dieser Junge
aus unerfindlichen Gründen an ihm und suchte
ständig seine Nähe.

„Ich bestehe darauf!" Ohne Vorwarnung schob
der Prinz ihm das Stück Fleisch einfach in den
Mund, ein freches Grinsen auf dem hübschen
Gesicht. Er verschluckte sich fast, als am Ende
zwei schmale Finger den Weg in seine Mundhöhle fanden, um sicher zu gehen, dass das Fleisch
auch wirklich drinnen blieb. Unmöglich nicht
kurzzeitig genüsslich an ihnen zu saugen.

Tyras Augen weiteten sich, doch der Prinz zog
die Finger nicht zurück. Wahrscheinlich war er
in Schockstarre. Henhdor bemerkt seinen Fehler
viel zu spät. Da war es schon geschehen. Sich
räuspernd entließ er die Finger aus seinem
Mund und schluckte das Fleisch schnell herunter.

In seiner Hose wurde es allmählich enger. Die Vorstellung, es wären nicht nur Tyras süße Finger, sondern ein anderer Körperteil, in seinem Mund gewesen, trieb das Blut in seine Lenden.

„Wir, wir müssen los", versuchte er sich unter Kontrolle zu bringen und ging schnellen Schrittes zu seinem Pferd. Die anderen und der Prinz taten es ihm gleich. Sie brachen das Lager ab und machten sich auf den Weg Richtung Walee. Ein weiterer Ganztagesritt lag vor ihnen, den Henhdor mit unangenehmer Beule in der Hose beginnen durfte.

Nach einigen Meilen erreichten sie einen Waldrand. Bisher war Tyra stets in ihrer Mitte geritten, nun holte dieser zu ihm auf und ritt neben ihm her. Er gab darauf acht, dass er zwischen dem Prinzen und dem Wald immer er auf gleicher Höhe war, um ungebetenen Gästen, die sich eventuell im Wald versteckten, keine freie Sicht auf den Jungen zu geben. Verstohlen sah sein Schützling ihn von der Seite her an. Blicke, die ihn schier durchbohrten und ganz und gar nicht kalt ließen. Er ignorierte sie so gut es ging.

„Sir Henhdor? Kann ich Euch etwas fragen?", durchbrach Tyra schließlich die Stille. Die anderen Ritter lagen weit genug hinter ihnen und konnten das Gespräch nicht mitverfolgen, daher nickte Henhdor zustimmend.

„Heute Morgen, also, als ich meine Finger in Eurem Mund hatte", stammelte sein Schützling, sichtlich peinlich berührt. Verzweifelt sah er zu dem Jungen rüber, unsicher wie er sich verhalten, beziehungsweise was er dazu sagen sollte.

„Es hat sich - es hat sich so gut ange..." Ein kriegerischer Schrei unterbrach je ihre beklemmende Unterhaltung. Hatte Tyra gerade wirklich sagen wollen, dass ihm das gierige Lutschen an seinen Fingern gefallen hat? Henhdor kam nicht dazu weiter darüber nachzudenken. Vor ihnen saßen mindestens zehn feindliche Soldaten auf ihren Pferden. Auf Henhdors Befehl hin ließ der Prinz sich zurückfallen und überließ das Kämpfen seiner Eskorte.

Kein Problem für Henhdor, doch wo die herkamen gab es sicherlich noch mehr von ihnen. Gekonnt ritt er auf die Feinde zu und trennte bei dreien den Kopf vom Rumpf. Die Überlebenden merkten schnell, dass mit ihm nicht zu spaßen war und ergriffen die Flucht.

„Bringt ihn lebend zum nächsten Lagerplatz, während ich mich um den Rest kümmere. Ich treffe euch dort! Los, beeilt euch! Ihr wisst was zu tun ist, sollte ich nicht zurückkehren!", brüllte Henhdor und riss die Zügel nach hinten. Sein Pferd bäumte sich auf, bevor es in vollem Galopp Richtung Wald davon stürmte. Dorthin, wo die Soldaten geflohen waren und er mit einem Lager des Feindes rechnete. Sollte er nicht alle erwischen, war die Gefahr groß, dass sie ihnen folgten und irgendwann angriffen.

„Neeeeein! Sir Henhdor, bitte tut das nicht!", ertönte ein verzweifeltes Schluchzen hinter seinem Rücken. Eindeutig Prinz Tyras Stimme. Ein Kloß breitete sich in seiner Kehle aus, als er ohne zurückzublicken, weiter ritt.

Was hatte es nur auf sich mit dem Prinzen? Warum sorgte dieser sich um ihn, ja, flehte ihn sogar an, ihn nicht alleine zu lassen? Er fühlte sich schuldig. Schuldig für seine Aktion von letzter Nacht. Und doch kochte sein Blut vor Verlangen bei dem Gedanken an die Gefühle, die Tyra ihm entgegen zu bringen schien. Sollte der Prinz ihn tatsächlich ebenso sehr lieben, gab ihm das jedoch noch lange nicht die Erlaubnis, seinem Verlangen nachzugeben.

Henhdor stieß einen lauten Kampfschrei aus. Er musste sich auf andere Dinge konzentrieren, wollte er nicht in mehreren Teilen enden. Wild jagte er den Feinden in den Wald hinterher, gewillt jeden einzelnen in Stücke zu schlagen.

Erst am späten Abend kehrte er ins Lager ein, das seine Männer auf einer freien Fläche zwischen Wald und den beginnenden Hügeln errichtet hatten. Zwanzig Menschenleben hatte er auf dem Gewissen. Für die Sicherheit seines Prinzen war ihm jedes Mittel Recht. Hauptsache die Soldaten aus dem Königreich im Norden konnten seinem Schützling nichts mehr anhaben.

„Ihr solltet nach dem Prinzen sehen. Er ist krank vor Sorge und versteckt sich dort bei den Felsen", begrüßte ihn einer seiner Begleiter, noch bevor er einen Fuß ins Lager setzen konnte. Die restlichen Ritter, bis auf ein weiterer, schliefen bereits. Er konnte es nicht fassen, wie leichtsinnig sie sich verhielten. Ab sofort würde er den Prinzen nicht mehr alleine lassen.

„Wie könnt ihr ihn unbeobachtet lassen, ihr Nichtsnutze?", knurrte er aufgebracht und riss an den Zügeln, um weiter zu reiten. Alles was er wollte war Prinz Tyra zu sehen und sich um dessen Angst zu kümmern.

„Er hat darauf bestanden in Ruhe gelassen zu werden", verteidigte sich der Ritter, die Hände abwehrend vor dem Körper. Doch es gab keine Entschuldigung für sein Verhalten und Henhdor würde seine Begleiter auf jeden Fall noch dafür bestrafen. Aber nicht mehr heute. Er war erschöpft von den harten Kämpfen. Außerdem brauchte ihn sein Schützling.

„Legt euch schlafen, ich kümmere mich um Prinz Tyra. Wir reden morgen", befahl er und ritt um das Lager herum. Die Pferde standen in einer Gruppe neben den Felsen. So waren sie wenigstens von einer Seite her vor Angriffen geschützt. Kaum war er abgestiegen und hatte seinen

Hengst zu den anderen Pferden gestellt, lief er schnellen Schrittes um den Felsen herum, auf der Such nach dem Prinzen. Kaum war er um die Ecke gebogen stürmte der Junge auf ihn zu und rannte fast in ihn rein.

„Ihr seid zurück. Endlich! Bitte, lasst mich nicht wieder allein. Ihr dürft nicht sterben!" Tränen in den wunderschönen Augen, schaute Tyra zu ihm auf und klammerte sich am Stoff, der Henhdors Brust bedeckte, vehement fest. Die Angst, er könne einfach wieder verschwinden, stand dem Prinzen ins Gesicht geschrieben. Doch da war noch etwas, das Henhdor in dessen Augen lesen konnte. Starr vor Hilflosigkeit legte er die Stirn in Falten und seufzte leise.

Nein, er durfte seinem Verlangen, den Prinzen zu küssen, nicht nachgeben, obwohl dieser sich allem Anschein nach danach verzehrte von ihm erobert zu werden. Sanft drückte er die zierliche Gestalt von sich und trat einige Schritte zurück. Untergeben, wie es sich für einen Ritter des Königshauses gehörte, verbeugte er sich vor seinem Schützling.

„Prinz Tyra, bitte, Ihr habt nichts zu befürchten. Ich würde mein Leben für Eures geben. Niemals würde ich zulassen, dass Euch jemand ein Leid tut." So oft schon hatte er diese Worte wiederholt, doch sie waren jedes Mal vollkommen ehrlich gemeint.

„Nein! Ihr dürft Euer Leben nicht für mich geben, Sir Henhdor! Ich...“, schluchzte Tyra plötzlich und warf sich vor ihm auf die Knie. Die Hände auf der staubigen Erde und den Blick gesenkt, weinte der Prinz unerbittlich und Henhdors Herz krampfte sich zusammen. Er war genau für das hier ausgebildet worden. Ein Ritter der Extraklasse, der sich einzig und allein seinem König und dessen Familie verschrieben hatte. Treu bis ins Grab musste und wollte er ihnen dienen.

Langsam ging er in die Hocke vor dem Jungen und hob dessen Gesicht vorsichtig am Kinn an, so dass er in die glasigen Augen blickte, die ihn sehnsüchtig anstarrten. Er näherte sich zögerlich, bis er den zarten Atem des Prinzen seine Wangen streifen spürte. Einmal von diesen sündigen, zarten Lippen gekostet, gab es kein Zurück mehr. Das war ihm klar. Lange konnte er sich nicht mehr gegen das Verlangen wehren. Vor allem nicht, wenn Tyra ihn weiterhin so anschmachtete. Oder war das alles nur Wunschdenken?

„Ist es wirklich das, was Ihr wollt, Prinz Tyra? Ihr wisst, eine Prinzessin wartet auf Euch und diese Gefühle werden Schande über Euer Königshaus bringen“, flüsterte er sanft. Die Tränen auf den Wangen Tyras versiegten allmählich. Er konnte ein zaghaftes Nicken wahrnehmen, bevor der Prinz die Arme eng um seinen Nacken schlang und das Gesicht in seinen Haaren vergrub.

Überwältigt erwiderte er die innige Umarmung und schloss den zerbrechlichen Körper fest in seine starken Arme. Er sog den betörenden Duft der seidigen Haare, die seine Nase kitzelten, auf, während er sich nach hinten fallen ließ und mit dem Rücken gegen den Felsen lehnte. Tyra setzte sich sofort auf seinen Schoß, ohne die Umarmung zu unterbrechen. Nur den Kopf hob dieser von seiner Schulter, um ihm mit einem unsicheren Lächeln auf den Lippen in die Augen zu schauen. So unsicher das Lächeln auch schien, in den Augen des Jungen funkelte pure Lust.

Er wusste, es war eine schlimme Sünde, die er hier beging, doch er konnte nicht an sich halten. Zu lange hatte er sich schon nach diesem Jungen verzehrt. Und nun erwiderte der Prinz sogar noch seine Gefühle. Es waren keine weiteren Worte nötig. Was der Junge wollte war ihm vollkommen klar. Langsam wanderte eine seiner Hände über dessen Rücken nach oben und hielt den Hinterkopf des Prinzen. Seine Lippen näherten sich unaufhaltsam denen, die er seit Jahren begehrte, bis er sie endlich zärtlich küsste.

Wohlig seufzend schloss er die Augen, als sein Kuss ein wenig unbeholfen, jedoch eifrig, erwidert wurde und begann, seine Lippen etwas fordernder gegen Tyras warmen Mund zu bewegen. Es dauert nicht lange, bis der Junge ihm Einlass gewährte und die Lippen willig öffnete. Als sich ihre Zungen zum ersten Mal trafen und sich sanft umspielten, erzitterte der Prinz und drängte sich näher an seinen gestählten Körper heran.

So lange hatte er von diesem Moment geträumt, es jedoch nicht gewagt ihn in der Realität in Betracht zu ziehen. Nun vereinnahmten tausend Gefühle seinen Körper und sein Herz, während er den Prinzen ohne Unterbrechung küsste und dessen Hintern an seinem Schritt spürte. Bei jeder noch so kleinen Bewegung zuckte sein Glied, bis es schließlich komplett aufgerichtet gegen seine Hose drückte.

Auch Tyras Länge war bereits nach wenigen Minuten hart und presste sich durch den Stoff der Robe an seinen Bauch. Unberührt, jung und daher leicht erregbar und voller Verlangen, saß der Prinz auf ihm und verlangte wortlos nach allem, was er ihm zu geben hatte. Henhdor übernahm die Führung, in dem er seine Hände an den Hintern seines Schützlings wandern ließ und diesen ein kleines Stück nach hinten schob. So trafen ihre Schwänze das erste Mal auf einander. Noch umhüllt von Stoff, doch genau das machte den Reiz aus.

Er war gut bestückt, besser als so ziemlich jeder Kerl, den er kannte und er konnte es kaum abwarten, den unberührten Hintern des Prinzen zu füllen. Angenehme Schauer breiteten sich in seinem Körper aus. Der Kuss wurde zunehmend heißer und stürmischer.

Er konnte sich nicht länger zurückhalten, musste unbedingt mehr von Tyra spüren. Fordernd krallten sich seine Finger in die festen Pobacken, die seinen Schoß vereinnahmt hatten und sorgte dafür, dass sein Prinz sich endlich auf ihm bewegte. Vor und zurück, vor und zurück, während sich ihre Längen stetig kräftig aneinander rieben.

Plötzlich löste sein Schützling den Kuss und sah ihn aus glasigen Augen an, die Lippen ganz rot und feucht. Lust und Gier nach mehr waren in ihnen zu lesen. Ein Verlangen, das er nur zu gerne stillen wollte. Prüfend zupfte er an der Robe, die der Prinz trug und als keine Gegenwehr kam, zog er sie ihm kurzerhand aus. Danach befreite auch er seinen Oberkörper vom Stoff.

Andächtig glitten seine Finger über die wohlgeformte, haarlose Brust des Jungen. Tyra war wunderschön mit der hellen, seidigen Haut, den feinen Muskelsträngen an Bauch und Armen und den rosigen Brustwarzen. Er selbst hingegen hatte einige Haare auf der Brust und war am gesamten Körper mehr als durchtrainiert. Seine raue, ledrige Haut zeugte von den Jahren harter Kämpfe.

Nachdem er sich satt gesehen hatte, deutete er dem Prinzen an sich kurz zu erheben, damit beide aus den Hosen schlupfen konnten. Kaum hatte er sich seiner entledigt und sich zurück an den Felsen gelehnt, saß sein Schützling schon wieder auf seinem Schoß, die Hände an seiner Brust gebettet und den Kopf leicht gesenkt. Diesmal bewegte er sich freiwillig hart gegen seinen Schritt und ein erstes Keuchen entglitt den wundgeküssten Lippen.

„Möchtet Ihr das wirklich?", fragte er zur Sicherheit nach, bevor es kein Zurück mehr gab. Doch der Prinz hob sehnsüchtig den Blick und nickte eifrig. Hier draußen gab es nichts, was das Eindringen in den unberührten Körper angenehmer hätte gestalten können. Also nutzte er genügend Speichel, um Tyra nicht allzu große Schmerzen zu bereiten.

Willig streckte der Junge den Hintern nach hinten, in dem er den Rücken durchbog und den Oberkörper fest gegen seinen presste. So hatte Henhdor keine Schwierigkeiten um den zierlichen Körper herum zu greifen und mit einem Finger die Nerven am Anus den Prinzen zunächst leicht zu massieren. Ungeduldig drückte sich der Junge seinem Finger entgegen, bis er schließlich hineinglitt. Ein schmerzerfülltes Zischen entglitt dessen Lippen, als er begann, seinen Finger zu bewegen und einen zweiten dazu zu nehmen.

„Oh Henhdor, nimm mich, bitte nimm mich endlich", wimmerte sein Schützling unter seinen Berührungen. Damit es nicht zu schmerzhaft wurde, musste er ihn jedoch erst dehnen. Er war sich nicht einmal sicher, ob dieser enge Hintern ihn vollständig aufzunehmen imstande war.

„Bald, Prinz Tyra, bald." Sein eigener Schwanz war mittlerweile schmerzhaft hart und lechzte nach der Enge, die ihn bald umgeben würde. Es war äußerst schwer sich zurückzuhalten. Er wollte die Muskelkontraktionen um seinen Schaft herum spüren, sich ohne Gnade in dieses willige Loch rammen.

„Bitte, ich halte es nicht mehr aus", wimmerte Tyra gegen seinen Hals und rieb den zuckenden Schwanz schamlos gegen seinen Bauch. Das war zu viel für Henhdor. Er entzog dem Jungen seine Finger und griff nach seinem pulsierenden Glied. Unten am Schaft hielt er es in Position, während die Spitze gegen den Eingang des Prinzen drückte. Dieser japste nach Luft, als er gegen den Widerstand, dem er sich entgegenstellen musste, ankämpfte und sich langsam vorschob.

Wimmernd vor Schmerz und Erregung ließ sich der Junge auf seiner doch recht großen und dicken Länge nieder. Zentimeter für Zentimeter konnte er seinen Schwanz im Hintern des Prinzen verschwinden sehen und es fühlte sich einfach nur großartig an, dem Mann seiner Träume so nah sein zu dürfen. Es dauerte einige Minuten, bis Tyra sich komplett auf ihm gepfählt hatte, doch er war gewillt ihm alle Zeit der Welt zu geben.

„Du bist…so tief in mir…es fühlt sich so gut an. Besser als in meinen Träumen", keuchte sein Schützling etwas zu laut, doch im Lager blieb es glücklicherweise still. Henhdor war der Ältere und zudem noch der Leibwächter des Jungen. Daher sah er es als seine Pflicht an auch in einer Situation wie dieser auf der Hut zu sein.

„Ihr habt davon geträumt, mein Prinz?", blieb er in der höflichen Form der Anrede, schließlich war er es nicht anders gewohnt und dieser junge Mann noch immer einige Titel über ihm. Dieser schien das gar nicht zu bemerken. Die Augen fest zusammengekniffen und völlig auf das ausfüllende Gefühl fixiert, dachte der Kleine wohl weniger an Titel als er.

„Oh ja, fast jede Nacht. Ahhh…", stöhnte Tyra wieder viel zu laut, als dieser sich zaghaft ein kleines Stück nach oben hievte und gleich wieder nach unten auf seine harte Länge glitt. Es war dem Jungen anzusehen, wie neu und überwältigend dieses Gefühl für ihn war. Um weiteren Lauten vorzubeugen, die alle anderen wecken konnten, verschloss Henhdor den Mund seines Schützlings mit den Lippen. Ab hier übernahm er wieder die Führung und packte kräftig an den weichen Hintern, der ihn viel zu zurückhaltend ritt.

Vorsichtig, aber kräftig, stieß er in den engen Hintern, den er mit seinen Händen eisern in Position hielt. Der Prinz stöhnte bei jedem Stoß heiser auf und erschauderte am ganzen Körper. Angetrieben von den lustvollen Lauten steigerte er das Tempo nach und nach. Mit jedem Stoß arbeitete sich seine Länge noch ein Stückchen tiefer in diese göttliche Enge vor.

Ihr Kuss war schon lange unterbrochen. Tyra hielt sich krampfhaft an seine Schultern fest und hatte die Stirn in seine Halsbeuge gelegt. Er spürte den schnellen, heißen Atem auf seiner erhitzten Haut. Zwischen ihren Oberkörpern rieb sich das harte Glied seines Liebsten an seinen angespannten Bauchmuskeln und bedeckte seine Haut mit klebrigen Lusttropfen.

„Oh Gott...", schrie der Junge plötzlich ungehalten und presste den Hintern fest nach unten auf seinen Schwanz. Er schien wohl den süßen Punkt getroffen zu haben und grinste wissend. Von nun an sorgte er dafür, dass er bei jedem Stoß die Prostata traf und Tyra noch mehr Lust bescherte, was ihm wunderbar gelang.

Wieder suchten gierige Lippen seinen Mund, während sich scharfe Fingernägel in seine Haut krallten und sicherlich rote Striemen hinterließen. Es störte ihn keineswegs. Der leichte

Schmerz steigerte seine Lust eher um ein Vielfaches. Die stete Reibung schien Tyra zu genügen, denn dieser warf nach einem letzten heißen Kuss den Kopf keuchend in den Nacken, presste den Hintern fest auf seinen Schwanz und den eigenen gegen seinen Bauch.

„Ich- ich komme, Henhdor, ich..." Kaum hatte der Prinz die Worte ausgesprochen, spritzte sein Saft bis zu seinen Nippeln hinauf und saute seinen Oberkörper ein. Heftig nach Luft schnappend ritt der Junge ihn während des Höhepunkts weiter und wollte gar nicht mehr aufhören zu kommen.

Völlig hingerissen von diesem geilen Bild vollführte er ein paar letzte kräftige Stöße in den willigen Leib seines Schützlings und kam stöhnend im zuckenden Loch, das ihn umschloss. Entkräftet sank Tyra in seine Arme und bette den Kopf auf seiner Schulter. Er hatte selbst Probleme, seine Atmung wieder unter Kontrolle zu bringen, doch dem Jungen schien es jeglicher Kraft beraubt zu haben. Liebevoll strich er über den schmalen Rücken und drückte den zitternden Körper fest an sich.

Minuten verstrichen, in denen jeder den eigenen Gedanken nachhing. Letztendlich war er es, der den Kleinen sachte von sich drückte und in dessen trotz der Dunkelheit glänzende Augen blickte. Ein zärtlicher Kuss auf die leicht geöffneten Lippen genügte, Henhdor einen wohligen Schauer über den Rücken zu jagen.

„Was gerade geschehen ist, also, es muss niemand davon erfahren. Ich werde Euch nicht verraten und Euch wie geplant zur Prinzessin bringen. Meine Liebe sei Euch gewiss, auch solltet Ihr sie nicht auf Dauer erwidern können", flüsterte er, ein trauriges Lächeln auf den Lippen. Er wollte die Sache nicht kompliziert machen und seinen Prinzen nicht vor eine unangenehme Wahl stellen. Doch da hatte er die Rechnung ohne diesen gemacht.

„Sir Henhdor? Ich liebe Euch seit ich denken kann. Niemand kennt mich so genau wie Ihr. Niemandem würde ich mein Leben anvertrauen so wie Euch. Meine Pflichten als Prinz wurden mir in die Wiege gelegt, aber ich kann und will sie nicht erfüllen. Nicht, wenn es bedeutet, dass ich meine Liebe Euch gegenüber leugnen muss. Bitte, lasst mich bei Euch bleiben." Ein flehentlicher Blick traf ihn wie ein Stich mitten ins Herz.

Natürlich freute er sich über die erwiderten Gefühle, doch die Situation hatte zwei Seiten. Den Prinzen für sich und sein verbotenes Verlangen zu beanspruchen war Hochverrat am König. Gegen seine Gefühle war er trotzdem machtlos. Entweder enttäuschte er den König, dem er, seit er denken konnte diente oder brach dem Mann, den er über alles liebte, das Herz.

„Den König hintergehen und ihm seinen einzigen Sohn stehlen? Um Erlaubnis brauche ich nicht fragen. Ich würde im Kerker und letztendlich am Galgen landen und Ihr würdet sicher nie wieder das Tageslicht sehen. Die einzige Möglichkeit besteht darin, abzuhauen und unterzutauchen? Seid Ihr sicher, dass dies Euer Wunsch ist?", legte er Tyra die Optionen offen. Henhdor konnte die Entscheidung nicht treffen. Er könnte es nicht nie verzeihen, wenn der Prinz seinetwegen ein Leben im Schatten wählte, ohne sich der Konsequenzen bewusst zu sein.

„Ja! Ich möchte mein Leben an Eurer Seite verbringen, fernab meines behüteten Elternhauses, ohne dem Adel gerecht werden zu müssen. Ein einfaches Leben, in dem Liebe etwas zählt", erwiderte sein Schützling, ohne auch nur einen Moment zu zögern.

„Gut, dann sollten wir uns säubern, anziehen und von hier verschwinden", seufzte Henhdor. Ihm war nicht wohl bei der Sache. Allerdings gefiel ihm der Gedanken, seinen Prinz an eine Prinzessin zu verlieren, noch weniger. Als er seinen Körper anhob, um aufzustehen sog Tyra scharf die Luft zwischen den Zähnen ein.

„Wollen wir wirklich schon gehen? Ich würde viel lieber nochmal..." Demonstrativ drückte sich der Schwanz des Jungen, der bereits wieder hart war, gegen seinen Bauch. Angetan schnurrte

Henhdor und umschloss die Länge mit einer Hand. Jetzt da sein Schützling eine Kostprobe erhalten hatte, schien dieser nicht genug zu bekommen.

„Es wäre besser, wenn wir gleich abhauen, bevor die anderen etwas mitbekommen und uns am Gehen hindern", fluchte er leise. Viel lieber würde er den momentan gut gedehnten Hintern des Prinzen ein weiteres Mal vollpumpen. Der Junge machte keine Anstalten von ihm runterzugehen, sondern stieß lüstern in seine Hand.

„Unersättlich, hm?", lachte der Ritter und begann das Glied seines Liebsten schneller zu wichsen. Tyras unterdrücktes Stöhnen hallte durch die Dunkelheit und es dauerte nicht lange, bis dessen Körper unkontrolliert zu zucken begann. Eine weitere Ladung landete auf seiner Brust, was dazu führte, dass auch er wieder hart wurde.

„Schluss jetzt, sonst kann ich gar nicht mehr aufhören. Wir reiten jetzt einige Stunden gen Osten, bis wir weit genug weg sind und suchen uns einen geschützten Ort. Dort können wir gerne weitermachen, wo wir jetzt aufhören müssen", versprach er Tyra und küsste ein letztes Mal die weichen Lippen.

„Na gut", seufzte der Prinz und stieg von ihm herunter. Bei der Aussicht auf einen langen Ritt verzerrte sich das Gesicht des Jungen zu einer

Grimasse. Henhdor kicherte fies, da er genau wusste, was den Kleinen beschäftigte. Doch da musste dieser nun durch.

Prüfend lauschte er in die Dunkelheit hinein. Alle Männer schienen tief und fest zu schlafen, dem Schnarchen nach zu urteilen, das ihr langsam erlöschendes Feuer umgab. Lautlos packte er alle Habseligkeiten des Prinzen zusammen und ging zu seinem Pferd. Dicht gefolgt von Tyra füllte er die Satteltaschen.

Kaum war alles verstaut schwang er sich auf den Rücken des Pferds und reichte seinem Schützling, der danebenstand, die Hand, um diesem hinauf zu helfen. Noch konnte der Prinz es sich anders überlegen. Bange Sekunden vergingen, in denen er darauf wartete, dass seine Hand ergriffen wurde. Dann spürte er endlich den ersehnten Druck und mit einem Ruck saß Tyra hinter ihm. Ohne zu zögern gab er seinem Pferd die Sporen und leitete es in Richtung des Waldes, der die Hügelkette umgab.

Henhdor wusste genau was vor ihnen lag. Ein Versteckspiel, das sicher nicht immer leicht war und jederzeit in einem Desaster enden konnte. Doch seine Liebe zu diesem jungen Mann war so stark, dass er alles daransetzen wollte, ein Leben in Freiheit, fernab gesellschaftlicher Grenzen zu führen. Seine einzige Sorge galt dem Prinzen, der wohlbehütet an einem adligen Hof aufgewachsen war.

Für ihn war es ein leichtes über die Runden zu kommen, in schäbigen Gasthäusern zu nächtigen oder tagelang ohne Nahrung zu überstehen. Doch war das wirklich das Leben, das sich sein Schützling vorstellte? Diese und andere Gedanken begleiteten ihn auf dem Weg. Als er jedoch den Oberkörper seines Liebsten an seinen Rücken pressen spürte und sich zwei Arme fest um ihn schlangen, warf er seine Bedenken über Bord. Sie würden es schon irgendwie schaffen, Hauptsache sie waren zusammen.

Neugier

Shortstory 4:

Scharf auf seinen heterosexuellen, besten Freund, ahnt Ethan nicht, dass sein Traum kurz davor steht wahr zu werden. An seinem Geburtstag ändert sich plötzlich alles.

Ethans fünfundzwanzigster Geburtstag stand vor der Tür. Er hatte gerade sein Studium zum Personal Trainer abgeschlossen und eine eigene Kampfsportschule eröffnet. Für sein Alter hatte er wirklich schon viel erreicht und konnte gut von den Einnahmen leben. Außerdem war es ein Traum für ihn, sein Hobby zum Beruf gemacht zu haben. Nun durfte er täglich trainieren, anderen helfen, ihre Ziele zu erreichen und war sein eigener Boss.

Nur eines fehlte noch, um sein Leben perfekt zu machen. Der richtige Partner an seiner Seite. Als Kind war ihm ständig erzählt worden, dass für jedes Mädchen irgendwann ein Prinz mit wehendem Haar auf einem Pferd daher geritten kam. Jedes blöde Märchen war um diese Geschichte herum gestrickt.

Wo blieb sein Prinz? Natürlich war er kein Mädchen, stand allerdings genauso auf edle Ritter in strahlender Rüstung, die ihn über die Schulter warfen und ins Schloss brachten, um für immer treu an seiner Seite zu bleiben. Ganz zu schweigen von dem geilen Sex, den er mit seinem Ritter haben würde. Er sollte groß, gut gebaut, stark und gut bestückt sein. Auf das Pferd konnte er verzichten. Auf die war er allergisch.

Mittlerweile war er von den Märchen abgekommen, die ein Leben voller Romantik und Liebe versprachen. Die bittere Wahrheit hatte ihn eingeholt. Für ihn gab es keinen Ritter, kein Prinz wartete oder kämpfte um ihn. Nur notgeile alte Säcke schrieben ihn an, die er Daddy nennen sollte während des Aktes. Oder unberührte Twinks, die ihn für ihren Prinzen hielten.

War er verbittert? Vielleicht. Vor allem sein Job machte ihm in dieser Beziehung zu schaffen. Täglich arbeitete er mit den heißesten Kerlen an deren perfekten Körpern. Machte sie noch ein Stück weit perfekter. Beobachtete sie beim Schwitzen, beim Anspannen der Muskeln und das Ganze in engen Sporthosen und Muskelshirts, die nichts von den perfekten Körpern verbargen.

Viele Kerle gingen bei ihm ein und aus, doch es war ein ganz bestimmter Mann, der ihm regelmäßig den Verstand raubte: Shawn. Sein bester Freund seit vielen Jahren und professioneller Kampfsportler, der bei ihm auf Wettkämpfe privat trainierte. Das hatte natürlich seinen Grund. Als bester Freund gab Ethan ihm einen großzügigen Rabatt, sodass Shawn dreimal die Woche bei ihm antanzte und sich von ihm ins Schwitzen bringen ließ.

Shawn war ein optimistischer, energiegeladener und humorvoller Mann. Außerdem noch gnadenlos sexy. Er strahlte diese raue Männlichkeit aus, auf die Ethan so stand. Damit nicht genug, war er auch noch ein liebenswürdiger Charakter. Die Lippen immer gepflegt und weich unter dem perfekt getrimmten Bart, die Haare stets nur leicht gekämmt und zu einem Pferdeschwanz gebunden. Zumindest im Training. In der Freizeit trug Shawn die Haare meist offen und ließ sie locker über die Schultern fallen. Doch Shawn war heterosexuell. Alle guten Kerle waren hetero. Es war zum Mäuse melken.

Allerdings waren es nicht nur von Shawns Körper und dem großen Schwanz, den dieser eindeutig hatte, die ihn an seinem besten Freund reizten. Mit ihm konnte er lachen, wie mit niemandem sonst. Mit ihm konnte er über alles reden und bekam immer einen guten Rat. Ja, er war total in Shawn verknallt. Eine gemeinsame Zukunft gab es für sie jedoch nicht.

Dennoch fragte er sich, was sich wohl hinter den Klamotten verbarg. Er hatte Shawn noch nie vollständig nackt gesehen. Bisher immer nur in Muskelshirts und enger Sporthose. Aber der durchtrainierte Körper versprach einiges. Sein bester Freund konnte mit Sicherheit ausdauernd, hart und schnell jeden Arsch in Ekstase bringen.

Heute war Donnerstag. Der längste Tag der Woche, da er im Abstand von jeweils einer halben Stunde einen Kunden nach dem nächsten auf dem Plan hatte. Von früh um sieben bis abends um acht. Es war bereits neunzehn Uhr und der vorletzte Kunde gerade gegangen. Nun wartete er auf seinen letzten Sportler für heute, seinen besten Freund.

Ihn wurmte es zu wissen, dass Shawn den Nachmittag ein Date hatte. Mit einer Frau natürlich, was die Sache umso frustrierender machte. Während Ethan Gewichte aufräumte und für Shawn umbaute. Heute stand Krafttraining auf dem Plan. Wochenweise wechselte er zwischen Krafttraining, Ausdauer, und Sparring um ein ausgewogenes Allroundprogramm zu garantieren.

Im Moment hatte der Trainingsplan allerdings keinen Platz in seinem Kopf. Er fragte sich, ob Shawn bei seinem Date gerade hart war und sich der Stoff seiner Unterhose nach außen wölbte. Waren vielleicht bereits feuchte Flecken darauf zu sehen, von Lusttropfen, die sich auf der Spitze verteilten? Gab sein bester Freund der Erregung nach und berührte sich, nach dem Date, selbst, in unbändigem Verlangen seine Länge in ein williges Loch zu versenken?

Ethans Hintern zog sich bei diesem Gedanken unwillkürlich zusammen. Jedes Mal, wenn er an Shawns bestes Stück dachte wurde er steinhart. Seufzend sah er an sich herunter. Niemals würde er die Chance bekommen, von seinem besten

Freund rangenommen zu werden, sich unter ihm in totaler Ekstase zu winden und durch ihn zum Stöhnen gebracht zu werden.

Seinen Ständer unter Kontrolle zu bekommen war ein Ding der Unmöglichkeit. Noch hatte er zwanzig Minuten bevor Shawn zum Training kam. Genug Zeit, sich Erleichterung zu verschaffen, denn ansonsten würde er wahrscheinlich das gesamte Training über immer wieder hart werden. Das konnte er Shawn nicht antun.

Mit der Handfläche fuhr er über die Beule in seiner dünnen Hose und stieß ein leises Keuchen aus. Es tat gut etwas an seiner Länge zu spüren, das ihm Erleichterung verschaffen konnte. Mitsamt Unterhose zog er seine Shorts nach unten und sein Glied sprang freudig heraus. Die Spitze glänzte bereits feucht.

Sich völlig seinem Verlangen hingebend, sank er zu Boden und umgriff seine Länge mit der Hand, während seine andere zu seinem Hintern wanderte. Mit den Fingern glitt er zwischen die Pobacken und fand seinen Eingang, den er nun mit kreisenden Bewegungen stimulierte. Leise stöhnend wichste er sich im Einklang mit dem Finger, der bald schon in seinem Rektum zusätzlich seine Prostata stimulierte.

Die Beine nach oben gestreckt und den Oberkörper ungesund nach vorne gekrümmt, besorgte er es sich selbst, bis sich seine Hoden ver-

krampften und sein Orgasmus nicht mehr aufzu-
halten war. Die Augen fest zusammen gekniffen,
heulte er auf, als Welle über Welle an Erregung
durch seinen Körper jagte.

Gerade noch rechtzeitig schaffte er es auf die
Toilette sich zu säubern, da hörte er auch schon
die Tür zum Studio ins Schloss fallen. Shawn war
da. Kurz betrachtete er sein gerötetes, ver-
schwitztes Gesicht im Spiegel. Ihm blieb immer
noch zu behaupten, er habe gerade selbst noch
trainiert. Er holte tief Luft und ging zurück ins
Studio.

„Hey, ich hoffe, du bist fit. Ich werde dich heute so richtig hart rannehmen", begrüßte er seinen Kumpel grinsend. Sein Gesicht glühte noch
von der Anstrengung und der Erregung, doch er
überspielte es, so gut es ging.

„Du willst mich hart rannehmen? Eigentlich
dachte ich immer, du wärst derjenige, der rangenommen wird", lachte sein Kumpel heiter und
verschwand in der Umkleidekabine. Liebevolles
Necken war regelmäßig an der Tagesordnung,
daran hatte Ethan sich bereits gewöhnt. Und
normalerweise störte es ihn keineswegs. Diesmal
jedoch zuckte sein Schwanz unmissverständlich
in seiner Hose, obwohl er gerade erst gekommen
war.

„Wie war dein Date mit…wie hieß die noch
gleich?", fragte er so beiläufig wie möglich, als

Shawn aus der Umkleide kam, und zupfte an den Seilen den Slingtrainers, bis diese auf der richtigen Länge waren. Anschließend gab er seinem Freund und Kunden ein kleines Aufwärmprogramm vor.

„Ich trinke nur noch kurz einen Schluck", sagte Shawn. Er umschloss die Öffnung der Wasserflasche mit den Lippen und nahm einen großen Schluck. Der Adamsapfel bewegte sich dabei aufreizend. Am liebsten hätte Ethan ihn mit der Zunge nachgefahren. Er dachte daran, was für eine Verschwendung es war, diese Lippen nur zum Trinken zu benutzen. Wie es wohl wäre, etwas Anderes zwischen sie zu schieben? Schnell räusperte er sich und zwang sich in eine andere Richtung zu schauen.

„Ich glaube, die hieß Mandy. Ach, die war total nervig. Hat die ganze Zeit gekichert und ein richtiges Gespräch war irgendwie nicht möglich. Ich habe mir zwar noch kurz überlegt, ob ich sie wenigstens flachlege, aber ganz ehrlich, bei diesem komischen Rumgedruckse komme ich eh nicht in Fahrt", winkte Shawn ab und begann sich aufzuwärmen.

„Ich dachte, du kommst sogar in Fahrt, wenn du nur daran denkst einzulochen?", ärgerte Ethan seinen Kumpel lachend, obwohl ihm gerade nicht wirklich zum Lachen zumute war. Es überspielte jedoch seine Anspannung, die er heute in der Nähe dieses Adonis verspürte.

„Hmmm", brummte Shawn und Ethan wusste, dass er Recht hatte. „Egal, lass uns anfangen!" Nach zehn Minuten Aufwärmprogramm konnten sie mit dem richtigen Programm loslegen. Hoffentlich konnte er sich dadurch etwas von seinen unzüchtigen Gedanken ablenken.

Shawn

Er wollte sich schnell auf das Training konzentrieren, bevor er sich in Ethans durchdringenden blauen Augen verlor oder dessen volle Lippen anstarrte, mit denen sein bester Freund sicher alle Kerle beim Blowjob in den Wahnsinn trieb. Die perfekt geformten, breiten Schultern, der muskulöse Nacken und die weich geformten Wangenknochen waren genauso ließen sein Kopfkino ebenso in Fahrt kommen. Von einem glänzenden Schweißfilm überzogen, schimmerte der Teil der sonnengebräunten Haut, der freigelegt war, im Licht.

Und dann war da noch der perfekt geformte Hintern seines Freundes. Es war unmöglich, ihn zu übersehen in der engen Sporthose, die sich perfekt an Arschbacken anschmiegte. Jedes Mal, wenn Ethan ihm eine Übung vorführte und sich nach vorne beugte, erwischte er sich dabei, diesen Hintern anzustarren. Was zur Hölle stimmte nicht mit ihm? Wahrscheinlich war er einfach nur untervögelt.

Leider nützte diese Erklärung nichts. In seiner Hose wurde es unmissverständlich enger, als er den muskulösen Körper seines besten Freundes betrachtete. Und es war schon mehrfach passiert, dass er nachts aus feuchten Träumen aufgewacht war, die Ethan beinhaltet hatten.

„Was machst du eigentlich an deinem Geburtstag übermorgen?", fragte er während des Aufwärmens, um seine Gedanken auf andere Dinge zu lenken. Der Geburtstag seines besten Freundes stand unmittelbar vor der Tür und bisher hatten sie jedes Jahr gemeinsam gefeiert. Meist mit einigen anderen Freunden, manchmal aber auch alleine, mit ein paar Bier in einer Bar oder daheim.

„Gute Frage. Eigentlich hatte ich geplant, groß zu feiern, aber irgendwie ist mir nicht danach. Kommst du am Abend auf ein paar Bier vorbei?", schlug Ethan grinsend vor und sein Herz rutschte in die Hose. Seit einiger Zeit machte es ihm zu schaffen, mit diesem Kerl längere Zeit alleine in einem Raum zu sein. Am besten suchte er sich für den Abend davor eine Frau für die Nacht, um am nächsten Tag nicht rattig zu sein. Denn immerhin war er hetero, aber sowas von hetero. Die seltsam unzüchtigen Gedanken, die seinen Kumpel beinhalteten, schob er auf die lange sexuelle Durststrecke.

„Na klar!", stimmte er mit schwacher Stimme zu und stemmte schnaufend das Gewicht in seinen Händen nach oben. Das Muskelspiel an seinen Armen währenddessen war beeindruckend. Durchtrainiert bis in die letzte Faser seines Körpers, konnte er eigentlich jede Frau rumkriegen. Leider war er ziemlich anspruchsvoll und interessierte sich für die wenigsten. Was dazu führte, dass er meist selbst Hand anlegen musste.

„Am besten feiern wir hier im Studio. Der Fernseher ist größer", lachte sein bester Freund und nickte in Richtung des großen Bildschirms an der rechten Wand. Manchmal, meist kurz vor Wettkämpfen, machte Ethan Videos während des Trainings, die sie dann hierüber anschauten, um an der Technik zu feilen. Sofort schlich sich der Gedanke in sein Gehirn, ob Ethan sich regelmäßig Pornos hier ansah und sich dabei einen runterholte.

„Okay", brummte er und schüttelte den Gedanken ab. Seine Konzentration war jedoch auf dem Nullpunkt angekommen, was ihm zu Verhängnis wurde. Plötzlich glitten ihm die Hanteln aus den Händen und landeten mit einem lauten Krach auf dem Boden. Fluchend beugte er sich nach unten, um sie wieder aufzuheben. Dabei blieb sein Blick an Ethans Körpermitte hängen. Selbst im schlaffen Zustand konnte er sich die Ausmaße des beeindruckenden Gehänges ausmalen.

„Scheiße", fluchte er leise und riss sich von dem Anblick los. Als er sich wieder aufrichtete und nach oben sah, begegnete er Ethans Blick. Eine Augenbraue nach oben gezogen, betrachtete ihn dieser belustigt und wies ihn daraufhin, dass es doch nicht so schlimm sei, wenn einem die Gewichte mal aus der Hand fielen.

Allem Anschein nach hatte sein Kumpel, den doch etwas sehnsüchtigen Blick, auf seine Körpermitte nicht bemerkt oder überspielte es gekonnt. Seufzend fuhr er mit der Übung fort, konnte sich jedoch kaum noch auf das Training konzentrieren und machte viele Fehler.

Am Ende der Stunde verschwand er, wie immer, in der Umkleidekabine und schälte sich aus den durchgeschwitzten Sportklamotten. Die vielen unanständigen Gedanken hatten ihr Übriges getan, seinen Penis halbsteif werden zu lassen. Vor sich hin schimpfend, verschwand er in der Dusche und stellte das Wasser auf eiskalt. Sein ganzer Körper schüttelte sich, als das kalte Wasser auf die erhitzte Haut prasselte. Doch in seiner Körpermitte verfehlte die Kälte ihre Wirkung nicht.

Nach der schnellen Dusche verabschiedete er sich von seinem besten Freund und versicherte ihm nochmals, dass er zum Geburtstag hier sein würde. Dabei gab er sich Mühe, keinen Blickkontakt aufzubauen, um nicht Gefahr zu laufen, seine unangebrachte Erregung preiszugeben.

Ethan

Bildete er sich das nur ein, oder waren die Blicke seines besten Freundes heute wirklich voller Verlangen? Nein, er durfte sich nicht beirren lassen. Am Ende war Shawn einfach nur untervögelt und sein Blick, egal wo er mit wem war, generell lustverschleiert. Ihre Freundschaft wollte er nicht durch einen schwachen Moment riskieren.

Nachdenklich blickte er Shawn noch eine Weile hinterher, als dieser bereits zur Tür hinaus war. Egal wie sehr ihn sein bester Freund auch reizte, er durfte sich seinen Träumen nicht hingeben. Ihre Freundschaft zu riskieren lag ihm fern, denn so einen guten Freund würde er nie wiederfinden. Und lieber hatte er Shawn nur als Kumpel, als gar nicht an seiner Seite.

Gedanklich abwesend räumte er die Gewichte zurück an ihren Platz. Feierabend für heute. Den

162

fortgeschrittenen Abend wollte er zu Hause auf dem Sofa, beim Anschauen seiner Lieblingsserie, verbringen. Das hatte er sich nach dem anstrengenden Tag redlich verdient. Ein Feierabendbier war allerdings nicht drin, denn er trank nur zur besonderen Anlässen Alkohol, um seine sportlichen Errungenschaften nicht durch unnötige Promille oder Kalorien zu minimieren.

Der Tag seines Geburtstags kam schneller als erwartet, wenn für ihn auch nicht schnell genug. Er wollte seinen besten Freund unbedingt wiedersehen und seine Theorie, dass da eventuell doch was gehen könnte, testen. Je länger er über das letzte Training nachdachte, desto lauter wurde das Gefühl, Shawn hatte ihn anders, verlangender, angesehen.

Den Tag verbrachte er im Supermarkt, um Snacks zu besorgen. Um die Getränke wollte sich Shawn kümmern, wie dieser ihm per SMS ein Tag zuvor mitgeteilt hatte.

Bepackt mit Futter und Filmen, machte er sich am Abend auf in sein Studio und bereitete alles vor. Während er das Essen in Schälchen verteilte und auf einen Tisch, den er von der Sitzecke im Eingangsbereich ans Sofa zog, stellte, ratterte es in seinem hübschen Kopf. Allerdings kam er nicht dazu, seine anrüchigen Gedanken zu Ende zu führen, denn es klopfte plötzlich und die Tür zum Studio schwang auf. Schnell eilte er zu seinem sehnsüchtig erwarteten Gast.

„Hey Geburtstagskind", begrüßte ihn Shawn an der Tür und zog ihn in eine freundschaftliche Umarmung, jeweils einen Sixpack Bier in beiden Händen. Große Geschenke machten sie sich nie, da sie beide sowieso alles besaßen, was sie zum Leben benötigten. Ein gelungener Abend war viel mehr wert als Materielles.

Eine Umarmung von Shawn war für ihn jedes Mal wie ein kleiner elektrischer Schock, der ihm durch alle Glieder fuhr. Doch er ließ sich nichts anmerken, wie immer. Stattdessen strahlte er übers ganze Gesicht und bat seinen einzigen Gast herein.

„Happy Birthday mein Hübscher", gratulierte ihm sein Kumpel lachend und folgte ihm ins Innere seines Sportstudios. Er winkte ab und deutete auf das Sofa, vor dem er einen kleinen Tisch mit Knabbereien aufgebaut hatte. Das Angebot wurde sofort angenommen, Shawn ließ sich ins weiche Leder fallen.

„Und, hast du nochmal was von Mandy gehört?", fragte er grinsend, als er sich neben seinen besten Kumpel setzte und nach einem Bier griff. Shawn verdrehte die Augen und lachte bitter auf. Auch er griff nach einer Flasche und öffnete sie mit dem Flaschenöffner, den Ethan von daheim mitgebracht hatte. Sie stießen an und

gönnten sich jeder einen großen Schluck des Ge-
bräus, bevor Shawn ihm antwortete.

„Hör mir bloß auf", brummte sein Kumpel genervt und trank noch einen großen Schluck. „Sie
hat sich tatsächlich gestern gemeldet und mir
das eindeutige Angebot gemacht, die Nacht bei
ihr zu verbringen."

„Ja und? Was ist daran jetzt so schlimm? Oder
hat sie beim Sex auch nur gequatscht?", wunder-
te er sich, da sich Shawn sonst nie über einen
One-Night-Stand ärgerte. Das Gesicht seines
Kumpels wurde plötzlich sehr ernst, ja fast schon
nachdenklich. Schweigend tranken sie ihr Bier.
Im Moment wusste er nicht, ob er weiter nach-
haken, oder das Thema nicht weiter anschneiden
sollte. Doch nach einer Weile sprach sein Freund
von sich aus weiter.

„Na ja, ich bin zu ihr gefahren und sie hat sogar die Klappe gehalten, aber irgendwie war ich
abgelenkt und habe keinen hochbekommen."
Für einen jungen Mann, der sonst ständig Frauen
hinterher gaffte und keine Gelegenheit ausließ,
einen wegzustecken, war das schon etwas seltsam. Das musste auch Ethan zugeben.

„Ach, das passiert doch jedem mal", versuchte
er seinen Kumpel aufzubauen und zuckte mit
den Schultern. Ihm selbst war das zwar noch nie
passiert, aber er hatte ja auch immer die geilsten

Typen am Start. Nicht so geil wie Shawn, aber definitiv nah dran.

Seltsam unangenehmes Schweigen legte sich über den großen Raum. Sie hingen ihren eigenen Gedanken nach, die zumindest von seiner Seite aus nicht gerade angebracht waren. Seit dem letzten Training machten ihm seine Vorstellungen, seinen besten Freund doch noch zu verführen, noch mehr zu schaffen als sonst.

Um die Stille zu durchbrechen schaltete Ethan den Fernseher ein und legte einen der Filme ein, die er für heute ausgesucht hatte. Nun waren wenigstens die Geräusche des Films zu hören. Während sie auf den Bildschirm starrten, sah er immer wieder zu seinem besten Freund, der sichtlich angespannt neben ihm saß und hin und her rutschte. Ein Blick in den Schritt und er wusste, wo das Problem lag. Ein Grinsen konnte er sich nun nicht mehr verkneifen.

Shawn

Nach einer Flasche Bier gehorchte ihm sein Schwanz nicht mehr so richtig und richtete sich in seiner Hose langsam aber sicher auf. Er spürte die Hitze, die von Ethans Körper neben sich ausging. Als er die Beine etwas weiter spreizte, berührten sich ihre Knie ganz leicht. Er erzitterte ungewollt am ganzen Körper. Verzweifelt schob er seine Gefühle auf den Alkohol, obwohl er nicht unbedingt viel davon zu sich genommen hatte.

Wenn er jetzt einen Ständer bekam, ließ ihn das ganz schön blöd aussehen. Vor allem, da er gerade erst gestanden hatte, dass er am Vortag bei Mandy keinen hochbekommen konnte. Sich selbst gegenüber ebenfalls völlig in Erklärungsnot, zog er das Bein schnell zurück und rutschte unruhig auf seinem Platz hin und her.

Zwanghaft versuchte er den Blick von seinem besten Freund abzuwenden, erwischte sich allerdings immer wieder dabei, nach links zu schielen. Das Problem war, dass Ethan verdammt heiß aussah in dem engen graumelierten T-Shirt, das über den Schultern spannte. Der Bizeps wölbte die Ärmel nach außen. Zur Taille hin wurde es zwar etwas lockerer, trotzdem waren die ausgeprägten Bauchmuskeln darunter gut zu erkennen.

Und dann war da noch dieses zufriedene Grinsen auf dem hübschen Gesicht, das er aus den Augenwinkeln genau erkennen konnte. Dieses verschmitzte Lächeln wirkte sich direkt auf deine Körpermitte aus. Sein Glied zuckte jedes Mal, wenn er den Blick über den perfekten Körper und das vom Alkohol leicht gerötete Gesicht seines Freundes schweifen ließ. Von Sekunde zu

Sekunde wurde sein Schwanz härter und beulte seinen Schritt unmissverständlich aus. Er hatte die Kontrolle über seinen Körper verloren.

Dummerweise war seine Hose so eng, dass er seinen Ständer nicht verbergen konnte, egal wie sehr er auch seine Beine verdrehte und hin und her rutschte. Seine plötzliche Unruhe blieb nicht lange unbemerkt.

„Also bei mir scheint dein Schwanz ja gut zu funktionieren", scherzte Ethan schmunzelnd und starrte ohne Scham auf seinen Schritt. Er spürte die Hitze in seine Wangen schießen, die mit Sicherheit bereits rot glühten.

„Bild dir bloß nichts drauf ein, ich bin einfach untervögelt", knurrte er wenig überzeugend und blickte konzentriert auf den Fernseher, ohne jedoch mitzubekommen, was da überhaupt lief. Seine Gedanken drehten sich einzig und allein um den Körper seines besten Freundes, der in greifbarer Nähe neben ihm saß und ihn von seinem Leid ohne Probleme erlösen könnte und wahrscheinlich auch würde.

„Komm schon. Bevor du hier den ganzen Abend mit schmerzhafter Erektion sitzt und dich nicht konzentrieren kannst, könnte ich dir doch Abhilfe verschaffen", kam das nicht ganz so ernst gemeinte Angebot auch prompt. Oder war es doch ernst gemeint? Shawn hatte keine Ahnung, sein Gehirn arbeitete nicht mehr richtig.

„Okay", hörte er sich wie aus der Ferne sagen
und erschrak aufgrund seiner schnellen Zustim-
mung beinahe zu Tode. Alarmiert riss er den
Kopf zur Seite und starrte Ethan völlig entgeistert an. Noch konnte er zurück und seine Würde
als heterosexueller Mann wahren. Noch konnte
er es als Witz deklarieren, obwohl sein ganzer
Körper eine andere Sprache sprach.

„Sicher?", fragte sein Kumpel unsicher und
rutschte näher an ihn heran. Oh Gott, dieser her-
be Duft, der ihm in der Nase tanzte war kaum zu
ertragen, so aphrodisierend war dieser. Sein
Glied zuckte ungeduldig in seiner Hose.

„Mach schon, bevor ich es mir anders überle-
ge", platzte es aus ihm heraus, während er auf-
fordernd die Hand in seinen Schritt legte und
sich, durch die Hose hindurch, selbst massierte.
Das war alles, was Ethan brauchte, um wohl alle
Bedenken über Bord zu schmeißen. Sofort machte dieser sich am Reißverschluss zu schaffen und
schob ihm die Hose, samt Boxershorts, bis unter
die Knie.

Seine Länge sprang gierig unter dem Stoff
hervor und reckte sich der erlösenden Hand entgegen, die jedoch zunächst andächtig seine Ober-
schenkelinnenseiten hinauffuhr. Als sie seine
Hoden fest umschloss und gekonnt knetete, ent-
fuhr ihm ein leises Keuchen. Nach unendlich langen Sekunden schloss sich die Hand endlich um

seinen Schaft und pumpte diesen unnachgiebig auf und ab.

Schwer atmend stieß er die Hüften in Richtung Ethans Hand, die ihn verwöhnte. Das war alles, was er zu tun imstande war, denn klar denken konnte er schon lange nicht mehr. Als sein Freund sich plötzlich vom Sofa erhob und sich grinsend zwischen seinen Beinen auf den Boden niederließ, glaubte er vor Anspannung durchzudrehen.

Er hatte sich schon des Öfteren gefragt, wie Ethan wohl zwischen seinen Beinen kniend aussehen würde. Jetzt wusste er es: umwerfend schön. Die großen Augen wirkten noch beeindruckender, wie sie lustverhangen zu ihm aufschauten. Als Ethan die vollen Lippen mit der Zunge befeuchtete, zuckte sein Penis augenblicklich, in freudiger Erwartung, in die Richtung dieses einladenden Mundes.

Ethan öffnete den Mund und er drängte sein Glied ungeduldig gegen diese weichen, feuchten Lippen. Es war das Beste, das er jemals getan hatte. Gleichzeitig aber auch das Schlimmste. Das Schlimmste, weil er wusste, dass er sich dadurch als doch nicht ganz so hetero outete. Und das Beste, weil es sich unglaublich geil anfühlte.

Ethans Zunge wusste, was sie tat. Sie war genauso kräftig wie der Rest des durchtrainierten Körpers. Kreisförmig glitt sie über seinen Schaft und jagte ihm einen angenehmen Schauer nach dem nächsten durch den ganzen Körper. So einen geilen Blowjob hatte er sein ganzes Leben noch nicht bekommen. Ethan war definitiv Experte darin.

Genüsslich bewegte sein Kumpel den Mund an seinem Schwanz auf und ab. Eigentlich sollte er das hier jetzt schon bereuen, doch das fiel ihm schwer. Hetero hin oder her, dieser Blowjob war der absolute Hammer. Normalerweise, wenn eine Frau vor ihm in die Knie ging und ihn mit dem Mund verwöhnte, fiel es ihm schwer nur allein dadurch zum Orgasmus zu kommen. Doch noch nie hatte ihm jemand derart professionell einen geblasen.

Sein Glied verschwand tief im Rachen seines Freundes, dessen Augen bereits tränten. An den Mundwinkeln lief ihm der Speichel herab, doch Ethan dachte nicht daran aufzuhören. Stöhnend vergrub er die Hände in den dicken Haaren und drückte den Kopf seines Kumpels weiter nach unten. Dieser ließ es geschehen und gab sich alle Mühe seine beeindruckende Länge komplett aufzunehmen.

Shawn erwischte sich bei dem Gedanken, ob sein bester Freund auch imstande wäre, seinen Schwanz in einem anderen Loch komplett aufzunehmen. Diese Vorstellung brachte ihn dazu noch lauter zu stöhnen. Seine Hoden zogen sich

ohne Vorwarnung zusammen, der unmissver-
ständliche Hinweis darauf, dass er gleich kommen würde.

Ruckartig zog er den Kopf seines Freundes
nach hinten und somit seine Länge mit einem
lauten Plopp aus dessen Mund. Schwer atmend
starrte er in die verwunderten Augen, die ihn
von unten her ansahen. Bevor er einen klaren
Gedanken fassen konnte, zog er Ethan auf seinen
Schoss und küsste stürmisch die feuchten Lippen, nach denen er sich unbewusst schon lange
verzehrte.

Sein bester Freund erwiderte den Kuss mit
gleicher Kraft, schob grob die Zunge in seinen
Mund und spielte frech mit der seinen. Sie trenn-
ten sich erst voneinander, als ihnen die Luft ausging. Er nutzte die kurze Pause, sich und Ethan
die T-Shirts über den Kopf zu ziehen und auffor-
dernd an der Hose seines Kumpels zu zupfen.
Dieser verstand die Aufforderung, erhob sich von
seinem Schoss und entledigte sich des störenden
Stoffs.

Gleich darauf saß Ethan wieder breitbeinig
auf ihm und ihre Längen berührten sich, während sie sich gleichzeitig gegen ihre Oberkörper
drückten. Ein wahnsinnig geiles Gefühl. Sein
Herz klopfte wie wild gegen seine Brust. Schwer
zu glauben, was er gerade im Begriff war zu tun,

doch jetzt gab es für ihn kein Zurück mehr. Ihre Freundschaft sollte sich für immer ändern.

Ethan

Verdammt hatte sein Kumpel einen geilen Schwanz. Er versprach ihn in ungeahnte Höhen zu katapultieren, wenn er sich in seinen Hintern bohrte. Und, oh Gott, er wollte seinen besten Freund unbedingt in sich spüren, auch wenn er entzweigerissen würde. Ohne Unterlass bewegten sie sich gegeneinander, während sie sich wieder stürmisch küssten.

„Fuck, bist du hart", stöhnte Shawn in den Kuss und drängte sich noch härter gegen seinen Schritt. Ethan gefiel es, wie unersättlich sein bester Freund war. Das könnte ihm zugutekommen, sollte er es schaffen, seinen eigentlich heterosexuellen Kumpel zu mehr als nur Trockenficken überreden zu können.

„Oh ja, das ist allein deine Schuld, Baby!" Um dies zu bestätigen unterbrach er den Kuss und lehnte sich ein Stück weit zurück. Ein nicht gerade erfreutes Brummen entwich Shawns Kehle, was ihn zufrieden grinsen ließ. Er stemmte seinen Hintern ein wenig nach oben und fing mit den Arschbacken den Schwanz seines Freundes ein. Den Kopf in den Nacken geschmissen und lautstark stöhnend ritt er die Länge. Der Schaft rieb dabei stetig über seinen empfindlichen Eingang.

„Oh man, wie gerne würde ich deinen Schwanz in mir spüren. Es wäre der größte, den ich bisher aufgenommen habe", keuchte er ohne in der Bewegung zu stoppen. Er beobachtete jede noch so kleine Reaktion von Shawn, doch von Ekel oder Entsetzen keine Spur.

„Na dann, her mit deinem Hintern. Jetzt ist es irgendwie auch schon egal", kicherte der heiße Mann unter ihm. Kurz darauf spürte er die dicke Eichel an seinem Eingang, wie sie unsanft dagegen drückte und eindeutig auf dem schnellsten Weg hinein wollte.

„Du musst mich erst vorbereiten! Ohne Vorbereitung kriege ich das Teil nicht in meinen Hintern." Entsetzt schnellte er mit dem Hintern nach oben, weg von der Länge, nach der er sich eigentlich verzehrte. Ein betretenes Lächeln zierte Shawns hübsches Gesicht. So niedlich, dass er es unbedingt mit zärtlichen Küssen bedecken musste.

„Hm, hast du was da? Also sowas wie Gleitmittel brauchen wir, nehme ich mal an?", grinste sein Kumpel, nachdem er dessen Gesicht aus seinen Fängen entlassen hatte. Ethan nickte mit dem Kopf in Richtung seines Rucksackes, der neben dem Sofa stand. Mit diesem hatte er die Knabbereien hergebracht, aber eben auch ein obligatorisches Kondom inklusive Gleitmittel.

„Klar, ich bin immer vorbereitet", lachte er verrucht und kletterte von Shawns Schoss herunter. Die wichtigen Utensilien in der Hand, überreichte er sie seinem besten Freund und hoffte inständig, dass dieser ungefähr wusste, was zu tun war.

„Umdrehen!", befahl sein Kumpel mit lustdurchtränkter Stimme. Er gehorchte aufs Wort. Kurzerhand rutschte er vom Sofa auf die weichen Matten, die sein Studio auskleideten und reckte Shawn auf allen Vieren seinen willigen Hintern entgegen. Er konnte es kaum abwarten endlich etwas in sich zu spüren, obwohl es zunächst nur ein paar Finger sein würden.

Den Arsch brav in die Höhe gereckt, die Stirn auf den Händen gebettet, mit denen er sich aufrecht hielt, wartete er auf das noch kalte Gleitmittel. Ungeübt und daher etwas unbeholfen, verteilte Shawn viel zu viel davon auf den Fingern und drang ohne Vorwarnung knöcheltief in sein Loch ein. Er stöhnte erschrocken, gleichzeitig vor Schmerz und Lust.

„Mehr", brachte Ethan keuchend hervor und drängte sich gegen den Finger. Ein weiterer gesellte sich sofort dazu und wieder fuhr ihm der Schmerz durch den gesamten Körper. Seine Hoden pochten vor Erregung und sein Glied wippte hart auf und ab. Es war nicht einmal die ungestüme Behandlung, die ihn an den Rand des Wahnsinns brachte. Vielmehr erregte ihn der Besitzer der Finger, sein bester Freund, den er sich schon des Öfteren als seinen Liebhaber vorgestellt hatte. Nun war es endlich soweit, dass seine Träume wahr wurden.

„Fick mich", keuchte er und sah über die Schulter hinweg in die lustverschleierten Augen seines Freundes. Keine Frage, dieser war mindestens genauso stark erregt und kaum mehr zu halten. Die Finger entzogen sich seinem zuckenden Loch. Ethan war froh, dass Shawn noch etwas unbeholfen agierte und auch den Schwanz mit doppelt so viel Gleitgel einrieb, wie eigentlich nötig war.

„Ganz sicher?", hörte er seinen Kumpel atemlos hinter sich fragen, als dessen Schwanzspitze bereits seinen Eingang berührte. Ethan erschauderte.

„Oh ja Baby, ich will deinen Schwanz so tief in mir spüren, dass mir schwarz vor Augen wird", knurrte er und drückte sich gegen die Spitze, die nur mit viel Druck seinen Muskelring durchbrechen konnte. Sein Eingang wehrte sich gegen den Eindringling, mehr als es bei den Fingern der Fall gewesen war. Entschlossen, die Länge in sich aufzunehmen, egal wie groß der Schmerz auch war, atmete er gleichmäßig ein und aus, um sich zu entspannen. Shawn drückte sich ohne Gnade gegen seinen Schließmuskel, bis dieser letztendlich nachgab und die Spitze in seinem Inneren willkommen hieß.

So bereit er für den Schwanz seines Freundes auch war, sich an die Größe und den Umfang zu gewöhnen, dauerte seine Zeit. Es schmerzte höllisch. Doch es kam ihm nicht in den Sinn dem Eindringling auszuweichen. Er wollte jeden Zentimeter der harten Länge in seinem Hintern pulsieren spüren.

Shawn war gierig was Sex anging. Er stieß hart und tief in sein Innerstes, mit einer Geschwindigkeit, die er nicht erwartet hatte. Sein bester Freund fickte ihn unbarmherzig und er konnte nichts weiter tun, als sich der Ekstase hinzugeben. Nicht einmal zehn Sekunden bekam er, sich an das Gefühl, bis zum Zerreißen ausgefüllt zu sein, zu gewöhnen. Sein Kumpel hatte es wohl genauso nötig wie er.

Dank des jahrelangen Kampfsports besaß Shawn kräftige Hüften und zudem ein wirklich beeindruckendes Glied, mit dem er eindeutig umzugehen wusste, obwohl dies der erste Sex mit einem Mann war. Wüsste Ethan es nicht besser, hätte er geglaubt, sein bester Freund fickte regelmäßig enge Hintern.

So sehr er auch versuchte, sich dem Rhythmus der harten, schnellen Stöße anzupassen, es war ihm schier unmöglich. Sein Freund bewegte die Hüfte zwar gleichmäßig vor und zurück, jedoch mit einer Geschwindigkeit und Intensität, von der er nie zu träumen gewagt hätte. Er war bald schon nichts weiter als ein stöhnendes, sich windendes Bündel Lust. Jede feine Ader der Länge pulsierte gegen die empfindliche Wand seines Rektums und jagte ihm erregende Schauer durch den Körper.

Problemlos fand die Spitze des Schwanzes in ihm seine Prostata. Er konnte sich nicht zurückhalten, noch lauter aufzustöhnen. Ermutigt begann Shawn unnachgiebig gegen den süßen Punkt in ihm zu stoßen. Da war Ethan war bereits über dem Punkt hinaus, an dem er noch zurückkonnte. Er befand sich im Delirium, sein Schwanz bereit, jede Sekunde zu explodieren.

„Nicht aufhören", wimmerte er. „Ich bin so kurz davor." Als Antwort fickte sein Kumpel ihn noch härter und schneller. Er spürte, wie sich sein Höhepunkt in ihm zusammenbraute. Seine Hoden zogen sich unmissverständlich zusammen. Mit einem heiseren Stöhnen auf den Lippen warf er den Kopf in den Nacken, während sich Shawns Länge in seinem Arsch versteifte. Warmes Sperma pulsierte in seinem Hintern und füllte ihn randlos aus.

Knurrend entleerte sich sein bester Freund in ihm. Shawns Orgasmus verstärkte sein eigenes Verlangen um ein Vielfaches und warf ihn letztendlich über die Klippe. Sein Hintern umklammerte den zuckenden Schwanz. Wie ein Blitzgewitter raste der Höhepunkt durch seinen Körper. Es fühlte sich an, als würde er auseinandergerissen werden. In seinem Dämmerzustand war er sich nur am Rande bewusst, dass er nicht mehr nur stöhnte, sondern schon schrie. Laut genug, dass die es bis auf die Straße hinaus zu hören sein musste.

Er war so von Lust gepackt, dass sie ihn fast umbrachte. Es sollte nicht möglich sein, sich so verdammt gut zu fühlen und doch wandte er sich in Ekstase gegen den größten Schwanz, der ihn je genommen hatte. Sein Höhepunkt wollte gar nicht mehr aufhören. Er wurde in ungeahnte Höhen gerissen, von denen er nicht wusste, dass sie überhaupt existierten.

Das hier war besser als in seinen wildesten, verruchtesten Träumen. Das war der beste Sex, den er je gehabt hatte. Sein Körper fühlte sich wie Wackelpudding an und sein Glied pumpte noch immer weißen Saft heraus.

„Wahnsinn", japste er verzweifelt nach Luft und brach endgültig zusammen. Nur am Rande spürte er Shawn aus sich herausgleiten. Sein bester Freund schmiss sich neben ihn und er konnte dessen Herz unregelmäßig schlagen hören, so laut war es.

„Allerdings, Wahnsinn. Das war der beste Sex, den ich je mit einem Kerl hatte", pflichtete Shawn ihm schwer atmend bei. Kichernd drehte er den Kopf zur Seite, so dass er seinen Freund sehen konnte. Einfach nur sexy sah dieser aus, wie er mit verstrubbelten Haaren und von Schweiß glänzender Haut so neben ihm lag.

„Es war der einzige Sex, den du je mit einem Kerl hattest", lachte er kopfschüttelnd, weiterhin nach Luft ringend. Ein breites Grinsen legte sich auf das gesamte Gesicht seines Kumpels, als dieser sich zur Seite drehte und den Kopf auf dem Arm abstützte, um ihn direkt anzusehen.

„Stimmt, aber hoffentlich nicht der letzte!" Shawn beugte sich zu ihm nach unten und zog ihn in einen fahrigen, irgendwie zärtlichen Kuss. Genießerisch legte er die Arme um den kräftigen Körper und strich andächtig über den muskulösen Rücken.

„Also von dir würde ich mich jederzeit wieder vögeln lassen", strahlte er über das ganze Gesicht, nachdem sie sich wieder voneinander gelöst hatten. Keiner besaß noch genug Sauerstoff in den Lungen, den Kuss zu vertiefen.

„Deal!", zwinkerte Shawn und ging zurück in seine Ausgangslage. Alle Viere von sich gestreckt lag der Kerl, der ihn gerade besinnungslos gevö-

gelt hatte, auf der Matte. Er genoss, allem Anschein nach, die Entspannung nach getaner Arbeit.

Mit großen Augen starrte er seinen besten
Freund ungläubig an. Seine wildesten Fantasien
waren gerade wahr geworden und anscheinend
war dies noch nicht das Ende. Ihre Freundschaft
war soeben auf ein neues Level gestiegen. Ein
Level mit dem Ethan auf jeden Fall glücklich war.

„Happy Birthday", hauchte Shawn, schloss die
Augen und schien ins Land der Träume abzudrif-
ten.

Danksagung

So ein Buch gestaltet sich natürlich nicht von alleine. Viele liebe Helfer haben mich dabei großartig unterstützt. Allen voran die tolle Künstlerin Kira Yakuza, die sich mit dem Coverartwork wieder einmal selbst übertroffen hat.

Auch meine Betaleser und Lektoren haben sich wieder mächtig ins Zeug gelegt, um meine Fehler auszubügeln und mir Feedback zu geben. Ihr seid einfach klasse.

Vielen Dank auch an meine treuen Leser, die diesmal leider etwas länger auf Nachschub warten mussten. Danke, dass ihr mir treu geblieben seid und ich hoffe, euch haben die heißen Kurzgeschichten gefallen.

Eure Kyo

Friendzone - Zwischen Eifersucht und DIY
Print 470 Seiten + 14 Illustrationen
Contemporary / coming of age / gay romance / first time / coming out

Teenager sein ist schon unter normalen Umständen hart. Alles ist neu und aufregend: der erste Freund, das erste Mal, die erste große Liebe ... Doch wenn man dann noch bemerkt, dass man gänzlich anders tickt als alle Klassenkameraden und sich darüber hinaus vom gleichen Geschlecht angezogen fühlt, kann die Pubertät zur Zerreißprobe werden. Wären sie sich nur auf dem Schulhof über den Weg gelaufen, hätten sie wohl niemals miteinander gesprochen. Johnny, ein lebenslustiger Punk, der immer einen lockeren Spruch auf den Lippen hat, und der brasilianische, introvertierte Goth Canaio, der ständig in irgendwelche Prügeleien verwickelt ist, haben nämlich nicht viel gemeinsam. Durch einen Zufall landen beide jedoch in derselben Pflegefamilie und müssen sich dort ein Zimmer teilen. Sie brauchen zwar eine ganze Weile, um zu bemerken, dass ihnen nichts Besseres hätte passieren können, doch letztlich freunden sie sich an. Selbst nachdem sich Can als homosexuell outet, reagiert Johnny sehr verständnisvoll, aber als sich sein neuer Radaupflegebruder kurz darauf leichtsinnig mit einem ihm völlig fremden Mann aus dem Internet verabredet, klingeln bei Joh sämtliche Alarmglocken. Wie sich herausstellt auch zu Recht und trotzdem laufen die Dinge ganz anders als erwartet.

Beautiful Agony (5 Bände)

Black Wedding / Apocalypse / World Ending / Among the Stars / Day One

Apocalyptic Gay BDSM Romance

Arian ist von seinem eintönigen Leben mehr als frustriert.

Er arbeitet als Nachtwächter im Zoo, geht an den Wochenenden auf einschlägige Gay-Partys und verdient sich vor der Webcam was nebenbei, doch eigentlich will er nur eines: endlich seinen Mr.Right finden! An Angeboten mangelt es ihm nicht, doch er selbst ist äußerst masochistisch veranlagt und sein zukünftiger Partner sollte das passende Pendant dazu bilden, was sich als schwierig erweist. Beim Besuch eines noblen BDSM-Clubs wird ihm ein Angebot offeriert, das er nicht ausschlagen kann. Er bekommt die Chance, als einer von fünf Sklaven an einer „Black Wedding" teilzunehmen, um doch noch den Dom seines Lebens zu finden. Der Haken ist: Er darf dabei nichts sehen und hat auch keinen Einfluss darauf, welcher der fünf Master ihn auswählt.

Die Veranstaltung erweist sich aber trotz seiner anfänglichen Bedenken als vielversprechend und Raik, der Mann, der Arian auswählt, scheint fast schon perfekt zu sein. Leider wird ihr Kennenlernen rüde von etwas unterbrochen, mit dem niemand gerechnet hat ...

Coming soon:
Marcel Hill
Demon Daddy

Der obdachlose Teenager Zach hat ein Talent dafür, sich in Schwierigkeiten zu bringen. Als er bei einem Einbruch, erwischt zu werden droht, kommt ihm der charismatische Jason zur Hilfe. Jason ist wesentlich älter aber gutaussehend, und Zach ist ihm schon nach der ersten Nacht voll hemmungslosem Sex verfallen. Obendrein ist der Mann ein Pornostar mit einem dunklen Geheimnis, das für Zach tödlich enden könnte.

www.ingramcontent.com/pod-product-compliance
Lightning Source LLC
Chambersburg PA
CBHW060542160726
47991CB00001B/425